TEA

BOOKS

Naslov originala
Delly
Un marquis de Carabas

Za izdavača
Tea Jovanović
Nenad Mladenović

Glavni i odgovorni urednik
Tea Jovanović

Lektura / Korektura
Snežana Gligorijević / Agencija TEA BOOKS

Prelom / Dizajn korica
Studio LAYOUT

Izdavač
TEA BOOKS d.o.o.
Por. Spasića i Mašere 94
11134 Beograd
Tel. 069 4001965
info@teabooks.rs
www.teabooks.rs

ISBN 978-86-6142-026-9

DELI

MARKIZ OD KARABASA

S francuskog prevela
Jovana Jelenović

1.

Tog dana, na čajanki s plesom kod gospođe Ledik, supruge najmlađeg lekara u Trejaku, okupili su se najviđeniji ljudi tog malog grada.

Domaćica je išla od jednog do drugog, živahna, ljubazna, pomalo izveštačena; lice joj je izražavalo veliku dobrotu, baš kao što je u tom trenutku gospođi Damplem govorila jedna vremešna dama s profilom koze, gledajući parove kako plešu.

Ova druga je, sredovečna plavokosa svelog lica, jedva čujno odobravala.

Potom je dodala, prezrivo iskrivivši lice:

– Ali je jednako kratke pameti, među nama govoreći!

– O, ništa kraće od mnogih drugih! Bože mili, kako su nezgrapni ovi plesovi! Kad pomislim na one iz svojih vremena! Sad već dalekih!

Gospođa Damplem će visokoparno:

– Treba se prilagoditi, gospođo. Pogledajte moju kći. Tako je ozbiljna, iako se ponaša slobodnije od devojaka u prošlosti.

Stara dama baci pogled ka plavušici koja je već neko vreme kraj prozora ćaskala s mladićem bezizraznog lica, odevenim s pomalo prenaglašenom elegancijom.

– Čini mi se da je vašoj Žanin po ukusu Žan-Pol Moren, draga moja.

– To bi zaista bio muž iz naših snova! Ali kažu da je veliki srebroljubac.

– To im je porodična boljka. Moren otac se za lep miraz oženio, uzevši pride najružniju ženu na svetu.

Gospođa Ledik, koja je prilazila dvema damama, uz osmeh upita:

– O kome je reč? Ko je najružnija žena na svetu?

– Ne poznajete je, majka Žan-Pola Morena, čoveka koji je, reklo bi se, naterao Žanin da sanjari.

Gospođa Ledik se nasmeja.

– Današnje devojke ne sanjare. To su vam stvari iz drugih vremena, draga gospođo Klementje!

– Šteta... Baš šteta. A zbog toga nisu manje vredele, verujte mi! Sanjariti... I ja sam to činila kad mi je bilo dvadeset, što me nije sprečilo da pomognem mužu u upravljanju fabrikom, kad ga je bolest primorala da se pripazi, kao ni da podignem petoro dečice, koja su se dobro i pošteno snašla.

– O, vi ste tako mudra žena! – odvrati gospođa Damplem laskavim tonom. – Što ipak ne znači da vaspitanje u vaše, kao i u moje vreme, nije bilo bez mana.

– Gde to nema mana u ovom jadnom svetu? Mada priznajem da i dan-danas ima ljupkih devojaka, kao što je, na primer, vaša mala rođaka Elen.

Stara gospođa vragolasto pogleda u sagovornicu. Gospođa Damplem se usiljeno zasmejulji, pa podrugljivo uzvrati:

– Elen? Ali ona je staromodna devojka, odrasla uz skute smešno tradicionalne majke, koja je od nje napravila pravu budalastu curu što od svega zazire i ništa ne zna o životu... Povrh svega je i preosetljiva.

– To nije mana, po mom mišljenju. Što se takvog vaspitanja tiče... jasno je da je sirota gospođa Surber pogrešila što je nije bolje pripremila za život, ali svakako nije očekivala da će tako mlada umreti.

Gospođa Damplem prezrivo uzvrati:

– Ja je nisam upoznala, ali zamišljam je beznačajnu kao i kći što joj je.

Gospođa Klementje odmahnu glavom.

– Beznačajnu? Ja ne bih rekla da je Elen baš beznačajna! Nema sumnje da je veoma lepa, prefinjena i učtiva. Želim joj da nađe nekog mudrog muškarca kojem će se svideti više nego stotinu drugih devojaka!

– Bez miraza? Teško će to ići, draga moja!

– Ko zna?! – odvrati gospođa Ledik. – Što je, u međuvremenu, dok čeka te velikodušne udvarače, ne biste ponekad doveli na naša mala okupljanja? Zabavila bi se, navikla se na ljude i život, ono što joj prebacujete da ne poznaje.

– Zaboravljate da je u velikoj žalosti.

Gospođa Klementje izjavi:

– Prošlo je osamnaest meseci otkako joj je majka umrla.

– Ali ona je i dalje u žalosti. Osim toga, budući da mora da zarađuje za život, čini mi se da bi bolje bilo da se ne navikava na mondenske zabave.

Gospođa Ledik upita:

– A šta će da radi siroto dete?

– Razume se u muziku i mogla bi da daje časove klavira i solfeđa.

– Gde? Ovde ne. Već imamo gospođu Bruar, gospođicu Žersje, gospođicu Kler... A kažu da ova poslednja umire od gladi.

– Stvar je nezgodna, znam; ipak, to je jedino što zna da radi! Ne mislite da je njena majka, žena bez imetka, trebalo da je usmeri na neko malo isplativije zanimanje? Umesto toga, podizala ju je kao bogatu naslednicu... A sad ja moram da je izdržavam.

Tu gospođa Damplem uzdahnu, prevrnuvši oči poput mučenice pomirene sa sudbinom.

– Ipak, malena ima neku penziju – primeti gospođa Klementje.

– Da, ali sasvim malu! Naravno, ja zadržavam najmanje što mogu od toga. Čovek se mora malo žrtvovati za rodbinu...

Zastala je. Iz susedne sobe, gde je služen čaj, izašao je jedan par. Ona je, visoka devojka bezmalo riđe kose i usplamtelih očiju, s provokativnim nemarom nosila haljinu po poslednjoj modi; on je, mladić od trideset godina prostačke pojave, bio nadmen i očigledno pun sebe. Devojka je govorila glasno, smejala se pokazujući blistave zube između znalački namazanih usana. Prešli su preko salona kako bi izašli u vrt što se pružao sve do reke.

Gospođa Klementje sastavi smežurane šake na kolenima, promrmljavši:

– Ta Kamij Tremon! Kako može tako da se kompromituje s tim nagojenim Šerveom?!

Gospođa Damplem se zajedljivo osmehnu.

– Ona traži dobru partiju! Teodor Šerve je kao omađijan, sudeći po rečima njegovih prijatelja. Sa svojom sklonošću ka rasipništvu i mršavim mirazom, lepa Kamij ne bi loše prošla kad bi se udala za jednog od najimućnijih posednika u oblasti.

– On je sin jednog zelenaša kojeg su oduvek svi prezirali. I on je budalast, razmetljiv i vulgaran, u pojavi i karakteru. Nadam se da gospođica Tremon nije toliko srebroljubiva da prihvati takvog muža!

– Udaće se za njega, verujte. Privučeni njenom lepotom, udvarači se sklanjaju kad saznaju da ta lepa devojka skoro da nema miraza i nikakve izglede da štogod nasledi, jer će prilično visoka apanaža koju njena majka dobija biti ukinuta kad gospođa umre. Kamij je trezvena devojka, brzo će joj dojaditi da čeka muškarca iz svojih snova i zadovoljiće se debelim Šerveom.

– Blago njoj! Još jedan loš brak u ovom svetu. Onda, napuštam vas. Samo sam nakratko došla, za ljubav svoje dobre susede, gospođe Ledik; ali sad se vraćam u svoje utočište.

Gospođa Ledik je otpratila staru damu do hodnika, ljubazno insistirajući da ova još ostane. Ali gospođa Klementje kroz smeh odvrati:

– Ne, ne, moje staračko lice odudara od sve ove mladosti, pomalo... lakomislene. Svratite sutra do mene, pokazaću vam novu mustru u heklanju. Juče sam održala čas Elen Surber, koja ima zlatne ruke, kao vi. Ah, kako čarobna devojka, privlačna i čestita!

– Kažu da nije mnogo srećna u kući svojih rođaka Damplemovih.

– I ja to mislim. Ali nikad se ne žali, zato što je ponosna. Žanin je mnogo ljubomorna na nju, primetila sam, a gospođa Damplem joj ne oprašta što je mnogo lepša od njene kćeri.

– Jel' istina da te gospođe imaju više nego skroman imetak?

– Živa istina. Nekada su Damplemovi, veliki zamljoposednici, bili najimućniji u Trejaku i okolini; ali Andre Damplem je, rasipan i nepromišljen, toliko zanemario sopstvene interese da je bio prinuđen, malo-pomalo, da proda sve najbolje posede, a zatim se preselio u svoju kuću u Trejaku da živi od ono malo imetka što mu je ostalo.

– Čula sam da mu i žena mnogo troši i da je umnogome doprinela njihovoj propasti.

– Da, da, istina je. I ona je i te kako odgovorna za sve to, kao i za izgnanstvo svog pastorka.

– Nije se slagala s njim, zar ne?

– Nema sumnje da nije. Lorenco je, vatrene naravi i pomalo prek, nesklon autoritetima, ali vispren i odan, mrzeo maćehu, koja je oduvek pribegavala okološanju i lukavstvima, a njemu je bilo jasno da ona ima poguban uticaj na njegovog oca, čoveka previše slabe volje. Sudeći po pričama, bilo je mnogo razmirica među njima, toliko da se u svojoj osamnaestoj momak prijavio u vojsku i otišao za Maroko. Kad mu je otac umro, on je ležao u bolnici, jer je bio teško ranjen u odbrani jednog utvrđenja. On i beležnik su razmenili nekoliko pisama kako bi se mogle obaviti formalnosti, ali se momak ovamo nije više vraćao. Gospođica Amber, kojoj je bio veoma privržen, dobila je pre četiri godine pismo u kojem je obaveštava da odlazi za Južnu Afriku, gde je rešio da potraži sreću. Otad nema nikakvih vesti o njemu. Da li je još živ? Niko ne zna. Gospođa Damplem i dalje živi u kući koja pripada njemu, njenom pastorku. Mislim da joj nije ostalo gotovo ništa od nasledstva koje joj je muž ostavio. Živi od oskudnih prihoda koje dobijaju njena maloletna deca. Ipak, lepo žive, ona i kćerka svake sezone šiju nove haljine.

– Kažu da je do guše u dugovima.

– Mogu da zamislim! Ali kad joj ponestane izgovora, sve će otići na doboš.

– Ako je taj momak živ, svakog dana bi mogao da dođe i traži svoje.

– Naravno! Ah, mogu da zamislim kako će ga lepo dočekali! To bi vredelo videti!

Stara dama se bezglasno nasmeja.

– Gospođa Damplem ga nije trpela. Čak i kad je govorila o njemu, nazivala ga ja „pustolovom". Uvek je naglas pričala da je on na svoju ruku, da nikad ništa od njega neće biti.

– Slažete se s njom?

– Zapravo ne. Ne poričem da ima tešku narav, volju koju je teško pripitomiti; učio je kad on hoće, umnogome se uzdajući u svoju visprenost i dobro pamćenje i više od svega je voleo sport. Niko ovde nije jahao kao on. Ali ja sam oduvek podozrevala da se ispod te buntovne spoljašnosti krije nežno srce i izuzetna čestitost. Pod nečijim dobrim vođstvom, taj momak bi možda postao valjan čovek. Zaista bih volela ponovo da vidim lepog Lorenca. Uistinu lep momak! Imao je oči na majku, siroticu iz propale plemićke porodice, kojom se Andre Damplem oženio iz ljubavi. Zapravo, Lorencovo plemićko poreklo bilo je jedan od razloga netrpeljivosti njegove maćehe prema njemu. U sirotoj gospođi Damplem steklo se sve ono nedostojno! Ali dosta je, ogrešismo se o milosrđe! Osim toga, eno gospođe Lorio, koja vas traži. Bez sumnje želi da vam kaže nešto pakosno na račun vašeg okupljanja. Ali vi se ne dajte obeshrabriti, draga moja!

2.

Tog istog dana, sat kasnije, jedan mladić je na stanici Trejak sišao iz vagona treće klase. Bio je visok, vitak, skladno građen; seljak koji je radio u polju nedaleko odatle gledao ga je kako prolazi i nije mogao da ne uzvikne, na najizraženijem akcentu tog kraja: „Ljudi moji, zgodnog li momka!" Putnik, koji je nosio stari kofer neodređene boje, krenuo je ka izlazu sa stanice. Njegov siguran, otresit korak, čvrste autoritativne usne, izvesna nadmena hladnoća na mršavom, preplanulom licu i u dubokim crnim očima, ukazivali su na jaku volju i otkrivali samouverenog čoveka, naviklog da upravlja, zapoveda.

Ne mareći za radoznale poglede, prišao je čuvaru prtljaga, pa mu predao priznanicu, pokazavši na stari i dotrajao putnički kovčeg.

– Možete li mi ga doneti do kuće Damplemovih?

Činovnik uzviknu:

– Klemare! Dođite.

Jedan starac im priđe, pogleda putnika, pa razrogačivši oči od iznenađenja promuca:

– Bog te vidô! Da l' mi se to priviđa? Ovaj je isti gospodin Lorenco!

Na mladićevim usnama ukaza se osmeh koji mu omekša crte lica.

– Da, ne priviđa vam se, Klemare: to sam ja, Lorenco Damplem. Mislili ste da sam mrtav, a?

– Bogme smo strahovali, gospodine Lorenco! Mnogo je vremena prošlo! Pa još tamo u tim zemljama! Drago mi je što vas vidim. Odmah sam vas prepoznao, po očima. Što se tiče ostalog, mnogo ste se promenili tokom svih ovih godina koliko vas nije bilo... i kako ste preplanuli!

– To vam je afričko sunce, Klemare. Možete li mi doneti kovčeg?

– Naravno, gospodine Lorenco. Uskoro kreće omnibus. Hoćete li da mi date i kofer?

– Ne, hvala, njega ću ja poneti. Moja maćeha i dalje živi u našoj kući, zar ne?

– I dalje, gospodine, s gospođicom Žanin, gospodinom Feliksom i jednom rođakom, siročetom bez oca i majke, gospođicom Surber.

– Surber?

Lorenco je pokušavao da osveži pamćenje.

– A, da, sećam se! Gospođica Surber je rođaka mog oca koja je živela u Bretanji. E pa, hvala, Klemare, do skorog viđenja. Ako stignete pre mene, sačekajte da vam platim isporuku.

Udaljio se spokojnim korakom. Dok je unaokolo gledao ta poznata mesta na kojima je proveo detinjstvo i dečaštvo, uočio je malo promena. Poneka nova kuća, snobovske vile sa desne strane bulevara, oivičenog platanima, koji vodi ka stanici. Dimnjak neke pomalo udaljene fabrike s halama pokrivenim novim crepom. Levo spora i lenja reka tekla je kao nekad koritom u kojem su rasle visoke ustalasane trave. Stari kameni most i dalje se pružao s jedne na drugu obalu, živopisan i drevan, obrastao bršljanom. Malo dalje, u Ulici izgubljenog izvora, Lorenco je zatekao gotovo sve iste radnje, neke nepromenjene, druge osavremenjene. Ljudi su, kako bi ga videli u prolazu, sa uobičajenom palanačkom radoznalošću gledali tog neznanca koji je izgledao kao veliki gospodin, iako mu je odelo bilo pohabano i iznošeno, a stari sivi šešir od filca, koji mu je delimično pokrivao crnu, blago talasastu kosu, deformisan. Mladić je prepoznavao poneko lice iz davnih vremena.

Starom kovaču koji je stajao na pragu svoje radionice, veselo je rekao:

– Dobar dan, Pinsono!

Smeškajući se začuđenom licu tog dobrog čoveka, produžio je svojim putem, ali ne pre no što mu je prijateljski klimnuo glavom.

Jedna kula iz XIII veka, na uglu kuće, izrezbareni nadvratnik iznad vrata, podsećala ga je na drevnost tog gradića. U dnu ulice se, s desne strane, uzdizala prelepa kuća podignuta od cigle i kamena. Kad joj se Lorenco približio, vrata se otvoriše a neki suvonjav čovečuljak, sede kose i požutelog lica, poče da silazi niza stepenice koje su vodile na pločnik. Lorenco zastade ispred njega, rekavši mu sa izvesnom ironijom u glasu:

– Dobar dan, rođače.

Gospodin Adrijen Barbelije, bivši advokat, član komore u Bordou, ukopa se u mestu zureći u mladića pomalo začuđenim pogledom.

Lorenco se zajedljivo zasmejulji.

– Kako? Zar me ne prepoznaješ?

– Istini za volju... Da... Lorenco, rekao bih.

– Glavom i bradom, rođače.

Pošto se pribrao, gospodin Barbelije stade da ga odmerava od glave do pete.

– Da, da... Ali šta ti bi da dođeš tako iznenada, kad godinama niko nije dobijao vesti o tebi?

– Vesti o meni ne bi mnogo zanimale nikog odavde. A da li je trebalo da se najavim, ne; volim iznenađenja.

Gospodin Barbelije mu uzvrati jetkim tonom:

– Ja ih pak mrzim... A mislim da će se i tvoja maćeha složiti sa mnom.

Sarkastičan pogled izmeni Lorencovo lice.

– Nimalo ne sumnjam u to. Svakako ću je uznemiriti tražeći ono što mi pripada. Ipak, moraš priznati da sam bio prilično velikodušan što sam joj drage volje dopustio da uživa u tome sve do danas.

– Samo si izvršio svoju dužnost, ona je žena tvog oca, te takođe ima pravo...

Lorenco natušti veđe, lice mu se smrknu u skladu s pomalo osornim tonom kojim je odgovorio:

– Pravo? Nema ona nikakvo pravo na tu kuću koja je, po želji mog oca, meni pripala. Ona i njena deca dobili su preostali novac, a moj deo je ova kuća.

– Neću reći da nije tako, ali ja sam govorio o moralnom pravu.

– O moralnom pravu? Kakvom? Pomogla je mom ocu da propadne; uspela je da me razdvoji od njega pošto mi je u svakoj prilici pokazivala svoju netrpeljivost. Ne, ništa ja njoj ne dugujem, baš ništa. Što se tiče mog brata i moje sestre, to je već nešto drugo. Ukoliko im zatreba moja pomoć, neću ih odbiti, budući da to jeste moja obaveza.

Dok je Lorenco govorio, gospodin Barbelije ga je i dalje odmeravao. Pogled mu se zadržao na starom koferu, na cipelama primetno izošenim. Njegove tanke usne prezrivo se izviše kad je licemerno upitao:

– Kakva to pomoć? Svakako ne novčana, sudeći po tvojoj pojavi! Nisi se baš obogatio u Africi, a, Lorenco?

– Toliko puta si prorekao da nikad ni u čemu neću uspeti, dragi rođače! I sad si srećan što si pogodio, zar ne?

– Srećan ne. Ali previše sam te dobro poznavao da ne bih predvideo da nećeš uspeti. Činjenice mi daju za pravo, budući da si se, evo, vratio. Ne više onako bogat kao kad si krenuo, pretpostavljam.

Lorenco uhvati prezriv pogled kojim je rođak piljio u njegovu odeću. Zasmejulji se, pa odvrati:

– Ne izgledam kao čovek koji je stekao bogatstvo, a? Šta da se radi, rođače! Ne ljutim se ja. Novac je opsena i ja ću se prema njemu tako i ponašati.

– Ha-ha! Izigravaš dobricu, lepi moj; ali mene nećeš zavarati tom malodušnošću. Voliš i novac, kao svi drugi; na nevolju, u tvoju kesu nije hteo da uskoči. I šta ćeš sad? Ovde ne možeš naći ništa od čega ćeš zarađivati za život.

– Potražiću neki posao u Bordou.

– U Bordou... Da... Ali zašto ne u Parizu?

Podrugljiv blesak sinu u Lorencovom pogledu.

– Naravno, Pariz je dalje od Trejaka! Ali imaću vremena da razmislim, zato što ću se malo zadržati ovde, u svojoj staroj kući.

Gospodin Barbelije obesi mršavo lice.

– A šta ćeš raditi? S kim ćeš živeti?

– Imam nešto malo ušteđevine, dovoljne da preživim. Razonodiću se pecanjem. Bez brige, neću se dosađivati!

Crne oči mu zasijaše vragolastim sjajem.

– Ideš u grad, rođače? U tom slučaju, možemo zajedno do trga.

Gospodin Barbelije brže-bolje reče:

– Ne, idem na stanicu nekim poslom. Laku noć, mladiću.

Ispruži Lorencu ruku zaštitničkim gestom.

– Doviđenja, rođače. Pozdravi moje male rođake. Klementin i Andrej su zacelo već velike.

– Klementin je udata za jednog lekara u Perigou. Dobar brak, valjan momak. Doviđenja, doviđenja!

Otišao je kuckajući po pločniku svojim štapom sa zlatnom drškom.

Lorenco je produžio svojim putem. Grickao je veoma rumene usne; crne baršunaste oči svetlucale su mu od živahne radosti dok je razmišljao: *Taj dobri Barbelije nije bio raspoložen da ga vide u Trejaku sa siromašnim rođakom. Nije me ni pozvao da posetim njegovu ženu i kćerke. Krasnog li rođaka! Bordo je previše blizu, po njegovom mišljenju, jer bi mi moglo pasti na pamet da tražim preporuku... Ili možda zajam!*

Lorenco se zaputio Volujskom ulicom, prilično strmom. Jednog dana, dok je s drugarima trčao niz tu ulicu, pao je i rasekao čelo. Maćeha mu je, ne bi li ga utešila, rekla da je baraba. Nikada u njoj nije našao ni zrnce dobrote ili osećaja za pravdu. A znao je da njegov otac, previše slab, pati zbog nje.

Na vrhu ulice ukaza se neka ženska prilika u crnom. Uprkos godinama razdvojenosti, Lorenco ju je odmah prepoznao. Bila je to gospođa Lorio, dalja rođaka Damplemovih, krupna dama koja je na krštenju držala Lorenca. Duhovna veza nije je učinila popustljivijom prema njemu dok se sukobljavao s maćehom. Štaviše, setio se jedne scene u njenoj kući kad je oštro ukoren. Nedugo zatim je otputovao, a da je pre toga nije više video.

Izdaleka je gledala u mladića koji je mirno hodao. Pomislio je kako se nije promenila. Imala je isti siguran korak i, kao i obično, hodala visoko podignuta čela, ističući dug nos, kao da kaže: „To sam ja, gospođa Lorio, predsednica Ženskog dobročinstva, predsednica Društva za skupljanje odeće za siromašne, Komiteta za promociju dobrih knjiga... I kandidatkinja za sve moguće predsedničke položaje.“

Kad joj se dovoljno približio, Lorenco joj je pošao u susret, pa skinuo stari šešir, podsmešljivo rekavši:

– Dozvolite mi da vas pozdravim, gospođo. Prepoznajete li zabludelu ovčicu koja se vratila u tor?

Gospođa Lorio je umišljala da je ništa ne može iznenaditi. Ipak, ovoga puta je morala mnogo da se potrudi da potisne nagon da se trgne. Oštroumno je odmerila mladića, pa preterano spokojno uzvratila:

– A! To si ti, Lorenco? Skoro da smo pomišljali da si mrtav. Nikom nisi javio da dolaziš?

– Nikom. Biće to iznenađenje za sve.

– Zaista veliko iznenađenje. Šta si radio sve ovo vreme?

Govorila je jedva čujno, odmeravajući mladića s prezrivim saosećanjem.

– Tja! Zarađivao za život.

– I vratio se siromašan kao što si i bio, naravno! Tvoj rođak Barbelije je to i predvideo. Ne samo on već i Monso. Oni su te dobro poznavali i znali su da nisi od onih koji će postati milioneri ili bar uspeti da ostave nešto sa strane.

– Zadivljujuća je visprenost mojih rođaka i mojih sugrađana! Da, možda sam pogrešio što ih nisam poslušao. Ali šta ćete, mladost voli pustolovine! Kako god bilo, ne kajem se zbog godina koje sam dole proveo.

– To je tvoja stvar. Ali ako se vraćaš bez novca, ne nadaj se da ga možeš naći kod svoje maćehe.

– Neću ništa tražiti od gospođe Damplem, budite sigurni: ne želim ništa više od onog na šta imam pravo, što će reći osim krova nad glavom koji mi pripada. Što se ostalog tiče, za sebe ću umeti dovoljno da zaradim.

– Utoliko bolje! Srećno. I prijatno ti veče.

Uputila mu je još jedan ovlašni zaštitnički pozdrav, pa produžila svojim putem.

Lorenco procedi kroza zube:

– Eto i jednog kumčeta koje ne služi na čast. Zanemarljivog. Već ih je dvoje koji na mene tako gledaju! A sad, kod moje drage maćehe! – Ulica je izbijala na crkveni trg, nepravilnog oblika, sastavljen od više malih trgova što su zadirali u ulice, a oko njih su se uzdizale drevne palate od patiniranog kamena i sivi zidovi na kojima su cvetale divlje rotkve. Crkva iz XII veka uzdizala je pod svetlošću sutona svoj nizak, zdepasti zvonik, nagoreo i oronuo od vremenskih neprilika. U to rano predvečerje, crne vrane su letele oko njega ukrštajući puteve, ispuštajući kreštave zvuke. Pročelje je ostalo u senci ispod niskog i dubokog portika, i kad je Lorenco pored njega prošao, već je bilo u mraku.

Kuća Damplemovih nalazila se uz apsidu Crkve Svetog Stefana. Bila je jedna od najstarijih i najupečatljivijih u Trejaku. Pomalo teškog pročelja, bogatog krovnim vencima i stubovima, izgledala je veličanstveno i jasno je bilo zašto je gospođi Damplem, kojoj taština nije bila jedina mana, toliko stalo do tog doma, iako je pripadao njenom omraženom pastorku.

Lorenco načas zastade uputivši dug pogled toj staroj sivoj kući u kojoj su živele mnoge generacije Damplemovih. Na nekoliko trenutaka pogled mu se zamagli od silovite ganutosti: tu je umrla njegova majka, lepa Đelsomina, tako dobrohotna i mila. Iako mu je tad bilo samo deset godina, bol je bio tako snažan da mu je neko vreme ugrožavao zdravlje.

Sećao se i očevog očajanja, turobnih dana koji su usledili nakon odlaska tog čarobnog stvorenja, svetlosti njihovog doma. Nije zaboravio ni svoj gnev, svoj revolt, koje je osetio onog dana kad je gospodin Damplem, osamnaest meseci posle Đelsominine smrti, uz mnogo okolišanja objavio da se ženi.

Ne, ništa nije zaboravio, ni prikriveno maćehino kinjenje, ni tajne patnje u dubini svog zatvorenog srca, zatvorenog u sâmo sebe otkako više nije mogao da nađe oduška u majčinoj nežnosti. A onu koja je zauzela mesto njegove majke, koja ga je lišavala očeve ljubavi, nju je mrzeo, a i dan-danas je mrzi.

Lorenco priđe masivnoj kapiji, pa podignu zvekir od kovanog gvožđa, koji pade uz potmuli tresak. Prođe nekoliko sekundi, a onda neko odškrinu jedno krilo i pred njim se ukaza nežno lice neke devojke. Zagasitoplave oči piljile su u pridošlicu kad ga je upitala melodičnim glasom:

– Šta želite, gospodine?

– Hteo bih da vidim gospođu Damplem, gospođice.

– Izašla je, ali mislim da će se uskoro vratiti.

– Dobro, onda ću sačekati. Ja sam njen pastorak, Lorenco Damplem.

Neskriveno iznenađenje obasja devojčino lice.

– Lorenco Damplem!

On se osmehnu, zadovoljno gledajući to lepo usko lišce koje se malo zarumenelo.

– Čovek ustao iz mrtvih, zar ne? Ti mora da si moja rođaka Elen Surber, koju sam upoznao kao malu, kad sam sa ocem putovao u Bretanju. Tad sam imao šesnaest godina, a ti si bila detence, devojčica koju sam vodio u šetnju u park vašeg starog zamka i koja se mnogo vezala za mene.

– Da, ja sam Elen Surber.

Širom je otvorila kapiju. Lorenco je ušao u prostrano predvorje popločano crnim i belim pločicama, sa izbledelim tapetama na zidovima.

Elen je, uzdrmana i porumenela, stidljivo rekla, spustivši šaku u njegovu koju joj je pružio:

– Nisi se javljao; niko nije znao ništa o tebi.

– I već su me poslali u svet senki, zar ne? Ali ne, živ sam, kao što vidiš. Dakle, gospođa Damplem zbilja nije tu?

– Nije, otišle su, ona i Žanin, na prijem kod gospođe Ledik.

– Ko je gospođa Ledik? Ne sećam se tog prezimena.

– Njen muž je jedan od lekara ovde u Trejaku.

– Novajlija, znači. Istina je da se za pet godina mnogo toga promenilo u starom dobrom Trejaku. Dobro, rođako, sačekaću s tobom gospođu Damplem, ako nemaš ništa protiv.

Dok je Elen zatvarala vrata, Lorenco je spustio kofer na pod, pa odlučno ušao u veliku svetlu sobu okrenutu ka vrtu. Zatekao ju je istu kakva je bila kad ju je napustio: na zidovima su bile iste tapete na crvene pruge koje su sad izbledele; uz jedan prozor je stajao stari radni sto od masivnog mahagonija, pun papira; malo dalje, biblioteka sa zbirkom klasika u bogatom povezu; potom veliki sto, prekriven baršunastom tapiserijom protkanom nitima boje starog zlata, za kojim se mali Lorenco toliko puta beskrajno zabavljao igrajući tombolu ili *Ne ljuti se, čoveče* s majkom. Na malom kaminu stajao je sat u ampir stilu, sa stubovima od sivog mermera između dve amfore, u kojima je nekad Đelsomina nežnim rukama raspoređivala cveće.

Lorenco je zastao nasred sobe pa začkiljio kao da bi da sakrije ganutost u pogledu. Elen je ušla za njim, a on joj se obrati:

– Mislio sam da se ovde nešto promenilo; ali ne, ovo je i dalje moja nekadašnja radna soba.

Dugo se obazirao oko sebe. Kroz prozor je dopirao topao vazduh i sjaj sunca na zalasku. Starinski vrt izlivao je nežne mirise u umiruću svetlost. Lorenco stade uz jedan francuski prozor pa se zagleda u vrt.

– Srećom, ni vrt se nije promenio. Nije imala novca, pa je bila prisiljena da poštuje moju imovinu. Inače bih se gorko kajao zbog svog nemara u polaganju prava na sopstvenu imovinu.

Ponovo se okrenuo da pogleda Elenu. Devojka je stajala pokraj njega, stidljiva i primetno uznemirena. On osmotri njeno ljupko okruglo lice, finu put sklonu crvenilu, duge trepavice, tamne kao i njena kosa, koje su se nežno spuštale preko očiju.

– Dugo si ovde, Elen?

– Osamnaest meseci otprilike... Od mamine smrti.

Elenine usne uzdrhtaše na te poslednje reči.

Lorenco je uhvatio rođaku za nežnu toplu ruku, pa je poveo ka staroj sofi od pohabanog baršuna.

– Dođi ovamo i sve mi ispričaj. Ja ništa ne znam. Nisam znao ni da je rođaka Gabrijel preminula.

Hitrim nervoznim prstima zadržao je Elenine dok je ona govorila o srećnom životu i spokoju u kojem je uživala s majkom u starom zamku u Brevijiju, potom o tužnim danima nakon smrti, bezmalo iznenadne, Gabrijel Surber. Njene lepe oči bile su pune suza, a mala šaka drhtala je u Lorencovoj.

– Kad sam ostala bez svoje drage majke, za mene je sve bilo svršeno. Nisam imala nikog svog na svetu. Nas dve smo živele vrlo povučeno u Brevijiju; još otkako je obudovela, mama nije više održavala nikakve društvene veze. Nije imala rođaka, a iza oca su ostali samo Damplemovi. Pisala sam gospođi Damplem, zamolivši je da me posavetuje šta mi valja činiti. Ponudila mi je da pređem kod njih. U međuvremenu me je tutor, jedan stari gospodin iz okoline, obavestio da se malo nasledstvo koje mi je otac ostavio umnogome smanjilo zbog nekih rizičnih ulaganja. Majka i ja smo živele od lepe apanaže koju je njoj ostavio jedan ujak. Meni je sad ostao samo mali godišnji prihod, kao i Breviji, koji nema nikakvu vrednost jer je u vrlo lošem stanju. Beležnik ga je ove godine nekom iznajmio, ali to što dobijem jedva da je dovoljno za neophodne opravke.

– Kako si onda, sirota Elen, primljena ovde s obzirom na taj mršav imetak?

Njena nežna koža ponovo se zarumenela, kad je s nelagodom rekla:

– Pa... Prilično dobro. Novca imam dovoljno da platim sebi boravak i hranu, te nisam na teretu gospođi Damplem...

– Osim toga, tera te i da radiš, zar ne? Na ovim lepim ručicama ima tragova poslova koje obavljaš. Zar nije tako, Elen?

Ona je, ne odgovorivši, pokušala da izvuče ruku, ali Lorenco je snažno stegnu i zadrža je zureći nadmoćno u devojčine oči.

– Odgovori mi, Elen. Ponašaju se prema tebi kao prema siromašnoj rođaci, prezrenoj i iskorišćenoj!

Ona odvrati, usiljeno se osmehnuvši:

– O, ne preteruj! Uveravam te da me posao ne umara; navikla sam na rad u Brevijiju i čak bih bila srećna u svojoj nesreći, samo da mi pokazuju makar malo naklonosti.

Lorenco se zasmejulji.

– To se ne može očekivati od gospođe Damplem! A njena kći, kakva je prema tebi?

– Pa... Nije loša.

Lorenco se ponovo nasmeja.

– Jadna Elen, dovodim te u nepriliku svojim pitanjima! Hajde, sâm ću zaključiti.

Elen, koja je nešto osluškivala živahno reče:

– Mislim da stižu.

Lorenco ustade, pa ode da otvori vrata radne sobe. U pomalo mračnom predvorju ispred njega se ukazaše maćeha i polusestra.

Gospođa Damplem se naglo trže, pa uzviknu:

– O, Lorenco!

– Da, Lorenco se vratio u rodni grad.

Gospođi Damplem krv jurnu u svelo lice kad je promucala:

– Kakav je to način... Kakav je to način da se ne najaviš?!

– O, kad se dolazi u sopstvenu kuću, nema nikakve potrebe.

– A... A odakle dolaziš?

Pokušavala je da se pribere dok je odmeravala mladića s loše prikrivenom netrpeljivošću, baš kao i njena kći Žanin pored nje.

– Šta si tamo radio?

– Zarađivao za život, naravno.

– I jesi li se obogatio?

Postavljajući mu to pitanje, gospođa Damplem se prezrivo osmehnu. Stara odeća i stari kofer već su joj pružili odgovor.

Lorenco odvrati uz ironičan osmeh:

– Ne veruješ da sam u stanju da uspem, zar ne?

– Priznajem. Iznenadila bih se da nije tako.

– Šta ćeš, sreća se ne može svakom osmehnuti! A ti mi, Žanin, ne izgledaš previše srećno što vidiš brata.

Žanin Damplem je ličila na majku. Bila je sitna i plavokosa na nju, imala je isto pakosno lice i svež ten kakav je nekad imala gospođa Damplem.

Stiskajući usne čiji je faličan oblik ruž samo još više isticao, pružila je ruku Lorencu i ujedno hladno rekla:

– Baš si nas iznenadio!

– Iznenadio, da! Ni pomišljale nismo...

Gospođa Damplem je takođe pružila mladiću ruku tankih prstiju, punih prstenja, kao kad je bila mlada.

– Nameravaš da ostaneš neko vreme?

– Možda. Još nisam odlučio. To će zavisi od mnogih okolnosti.

– Ah! Pa dobro, idem da ti spremim sobu.

– Očevu, moliću lepo.

– Sobu tvog oca? Nemoguće, to je sad gostinska soba.

– Goste ćeš smestiti u neku drugu. Ja ću uzeti tu sobu i ovu.

Pokazao je na radnu sobu na čijem je pragu stajala Elen, piljeći čas u hladno i nadmeno Lorencovo lice, čas u uzrujano lice gospođe Damplem, koja je pokušavala da priguši bes.

– Radnu sobu? Mi tu pišemo pisma, Feliks tu uči...

– Žao mi je, ali u kući ima dovoljno drugih soba koje možeš koristiti u te svrhe. Pošto sam toliko dugo živeo u inostranstvu, osećam potrebu za svojim domom... Ti bi to trebalo da razumeš, a ne da moram da ti objašnjavam.

U svetlim očima gospođe Damplem video je onaj opaki sjaj koji je dobro poznavao. Ali sad je stajala naspram čoveka koji je, ohrabren svojim pravom, s hladnom odlučnošću tražio ono što mu pripada, dok se ona osećala nemoćno.

Nervozno je odvratila:

– Pa dobro, kako god hoćeš. Soba je spremna... Imaš li još prtljaga osim tog?

Prezriv pokret kojim je pokazala na kofer rečito je propratio pitanje.

– Da, imam putni kovčeg koji će Klemar uskoro doneti.

– Dobro. Odnećemo ga gore. Mi večeramo u sedam... Elen, znaš li da li se Feliks vratio?

Dok je uzimao svoj kofer, Lorenco je upita:

– Šta radi Feliks? Kako to da je kod kuće u ovo doba godine?

Odmerivši pastorka kao da kaže „Šta se ti mešaš?", gospođa Damplem se ipak udostoji da mu odgovori:

– Nije se osećao najbolje, pa ću ga zadržati kod kuće do kraja oktobra.

– Ide u školu? Čime će da se bavi?

– Još ne zna. Ali nema žurbe, nedavno je napunio četrnaest godina. Elen, idi reci Mari Luiz da stavi još jedno jaje u zapečeno povrće i zakuva malo više supe.

Devojka se udalji, a Lorenco se zaputi ka stepeništu.

Majka i kći uđoše, smrknute, u radnu sobu. Gospođa Damplem se sruči na sofu, utučeno primetivši:

– Samo nam je još ovo trebalo!

– Da, kao da nam je neko prosuo kofu vode na glavu!

Žanin je stajala naspram majke, gužvajući svetle rukavice koje je u međuvremenu skinula, pa lupkajući nogom o pod, ljutito nastavila:

– Taj je u stanju da nas izbaci na ulicu! Jesi li videla kako se drži? Naravno, ne može se poreći da je naočit momak, ali s njim se ne može razgovarati i reklo bi se da ne izgara od ljubavi prema tebi, mama! Dovoljno je videti kako te gleda!

Gospođa Damplem ustade sa sofe gotovo bezglasno rekavši:

– Mrzim i ja njega! Nikad se nismo slagali. Uvek je bio nepodnošljivo ponosan i sejao razdor između mene i tvog oca. Osim toga, znamo li išta o tome šta je radio tokom svih ovih godina koliko nije davao glasa od sebe? Ko nam kaže da nije postao neki pustolov?

– Možebiti, iako deluje veoma pristojno. Kad bi se lepo obukao, zaista bi izgledao kao pravi gospodin.

Gospođa Damplem prezrivo iskrivi lice.

– Biće da je u velikoj oskudici kad je tako obučen. Nekada je bio prilično elegantan, vrlo brižljivo se odevao. Ali nadam se da neće ovde jesti za badava!

– Bojim se da mu je upravo to namera.

– Pa dobro, reći ću mu bez okolišanja da negde drugde nađe sme-
štaj. Sa ovakvim budžetom, samo nam još on fali!

Žanin zabrinuto primeti:

– Da ne pominjem da treba dati avans gospođici Žerves, inače nam
neće sašiti haljine za zimu.

– Avans? Od čega? Ništa mi nije ostalo... A taj prokleti Lorenco je
baš sad našao da mi padne na grbaču! Sad treba da živim u strahu da
bi preko noći mogao da nas izbaci na ulicu. A da plaćamo najam, Ža-
nin, nema ni govora... Ni govora!

3.

Vest o Lorencovom povratku ubrzo se proširila Trejakom. Proneo se glas da se vratio ubog, jer nije imao sreće u inostranstvu. Kad je sutradan po podne izašao, pratili su ga mnogi radoznali pogledi. Nimalo postiđen, Lorenco je stigao do kuće Monsoovih u Ulici Republike.

Gospodin Monso, školski drug Andrea Damplema, ostao je do kraja njegov prisan prijatelj. Kasnije su i njihovi dečaci, vršnjaci, letnje raspuste provodili u kući jednog ili drugog. Posle Lorencovog odlaska momci su isprva razmenjivali pisma, ali Emil je bio preosetljiv, uvredio se zbog neke sitnice i prepiska je prekinuta.

Dan ranije Lorenco je saznao od maćehe da se njegov drug iz detinjstva oženio kćerkom gospodina Loanoa, najpoznatijeg beležnika u Trejaku, i da bi uskoro trebalo da nasledi tasta, koji je jedva čekao da se povuče na svoje imanje u okolini Konjaka.

Kuća Monsoovih bila je staro gradsko zdanje s prednjim dvorištem ukrašenim ponekim grmom oleandera. Otvorila mu je ona ista domaćica odranije, visoka mršava žena s velikom prugastom maramom preko sede kose. Dočekala ga je sa širokim bezubim osmehom i sledećim rečima:

– Gospodine Lorenco, mnogo mi je drago što vas vidim posle toliko vremena!

– Dobar dan, Tereza. Gospodin Monso je kod kuće?

– Jeste, gospodine. Uđite.

Ni on se nije promenio, krupni Monso, veseo i dobroćudan. Ispružio je meke punačke ruke ka Lorencu, šireći mesnate usne u radostan osmeh.

– E pa lepo, utvaro, stigao si! Šta ti bi da dođeš tako iznebuha? Bogme, nimalo nisi propao na afričkoj klimi. Svaka čast, dragi moj! Ali, ajde, sedi i pričaj mi. Rekli su mi da nisi doneo vreće sa zlatom, a?

Nagnuo je glavu ka posetiocu gledajući ga upitno i radoznalo, ali i pomalo ironično.

Lorenco odgovori mirno i šaljivo:

– I vi ste bili među onim prorocima ubeđenim da ja ni za šta nisam, ako se ne varam?

– Ajde, ne preterujmo, sine, ne preterujmo! Međutim, ta tvoja narav... S tako teškom naravi i nimalo poleta za učenje, nije bilo teško predvideti. Tebi je prikladniji bio pomalo pustolovan život. Šta si radio tamo? Ajde, pričaj.

U njegovom zaštitničkom tonu bilo je izvesne blagonaklonosti.

– To nije nimalo važno... Budući da nisam uspeo. Bolje da pričamo o nečem drugom. Emil se oženio, zar ne?

– Jeste, Loanoovom malom. Sećaš je se. Alis Loano?

– Kao kroz maglu. Bila je dete kad sam ja otišao iz Trejaka.

– To je tačno. Dobra je devojka, odlična domaćica. Emil će naslediti tastovu kancelariju, koja je dobro razrađena. U stvari, kad malo bolje razmislim, trebalo bi da je još ovde! Došao je sa ženom na čaj. Tu je i Kamij Tremon. Sećaš se Tremona, direktora fabrike u Eskinjaku? Umro je, ostavivši ženu i ćerku u prilično teškim uslovima. Lepa Kamij će imati oskudan miraz, kapital je, bojim se, već načet. Ne lišava se elegantnih haljina, ne preskače nijednu zabavu u Trejaku i okolini. Rođena je koketa! Ali zasad je niko ne shvata ozbiljno! A već joj je dvadeset sedma. Alida kaže da počinje da kopni od brige. Ha-ha!

Taj krupni čovek dugo se smejao udarajući dlanom o radni sto.

– Gospođica Alida je dobro? – upita Lorenco.

– Odlično. Ta ti je nepopravljiva usedelica.

– A gospođa?

– Tu i tamo se požali na reumu... U stvari, vrlo često. Ali sve u svemu, dobro se drži. Dođi, dođi, sve ćeš ih videti... Upoznaćeš i lepotu Trejaka. Pomalo... izveštačenu. Ali takva je danas moda, zar ne? Ne preostaje nam ništa drugo do da se divimo.

Smejući se, gospodin Monso je poveo gosta ka vrtu. Dame su se posvetile ručnom radu u maloj rustičnoj senici, dok im je Emil Monso prepričavao neke varoške glasine. Melodični glas gospodina Monsoa objavi izdaleka:

– Evo Afrikanca!

Svi pogledi se okrenuše ka njima. Gospođa Monso, koja je bila kratkovida, stavi naočare. Alida, njena kći, nestrpljivo promrmlja:

– Što ste morali, oče, ovamo da ga dovodite?

Emil, plavušan izveštačenih pokreta, iskrivi lice u neprijatnu grimasu pre nego što je ustao; njegova žena i Kamij Tremon prošaputaše nešto gledajući u Lorenca koji se približavao.

Gospodin Monso veselo dodade:

– Emile, evo tvog starog druga! Ako i nije postigao veliki uspeh, bar se možemo uveriti da se nije mnogo namučio.

Emil načini nekoliko koraka ka njima, pa mlitavo ispruži ruku Lorencu. U međuvremenu je odmeravao starog druga od glave do pete.

– Kako si, Dampleme? Baš si nas iznenadio! Niko nije znao šta je s tobom!

U njegovom tonu i na njegovom licu nije bilo ničeg srdačnog. Naprotiv, jasno su poručivali: „Što si došao ovamo?"

Lorenco je, kao da ga takav prijem nimalo nije obeshrabrio, odgovorio:

– E, dragi moj, kao što vidiš, iz Afrike se ljudi vraćaju! Moje dame, veoma mi je drago što mogu da vas pozdravim.

Naklonio se savršenom lakoćom svetskog čoveka. Gospođa Monso je promrmljala nešto neodređeno u ime dobrodošlice, pruživši mu ruku tako da može da joj dohvati samo vrhove prstiju. Ta punačka pompezna žena nikad nije gajila mnogo naklonosti prema Lorencu i svojevremeno je bila saglasna s gospođom Damplem, koja ga je smatrala sposobnim za svakojake nepodopštine.

U tom trenutku mladić je jasno u njenom pogledu pročitao oholost odveć gorde žene prema siromahu kakav je on bio. Isti izraz lica video je i kod Alide, gojazne smeđokose i bezvoljne devojke koja je izigravala intelektualku.

Alis Monso, mlada dama ljubaznog osmeha, ne lepa, ali prijatne spoljašnosti i prilično visprena, posmatrala je Lorenca sa zanimanjem lišenim zle namere. Kamij Tremon ga je odmerila uobičajeno nehajno, dok joj se u uglu jarkocrvenih usana ukazivao prezir.

Lorenco je primetio da devojka ima pravilne crte lica, vrlo lepe oči, ali i da su olovke i senke ostavile malo šta prirodno na njoj.

Na jednom stolu su bili ostaci čaja. Gospođa Monso reče kćerki:

– Pozovi Terezu da odnese poslužavnike.

Lorenco pomisli: *Kakvi divni ljudi! Nisu se udostojili da ponude nečim ovog bednog Afrikanca!*

Na poziv gospodina Monsoa, jedinog koji je pokazao iole srdačnosti prema tom mladiću, ovaj drugi je seo na stolicu između Emila i Alide. Gospodin Monso je, smestivši se pored Kamij, pitao kako joj je majka.

– Bolje je, hvala. To zapravo i nije bilo bogzna šta, ali mama se mnogo plaši bolesti.

Gospođa Monso primeti:

– Zaista je nežnog zdravlja, a biće da ju je mnogo poremetio nedavni boravak u Bordou zbog venčanja vaše rođake.

Kamij nezainteresovano odvrati: – Možda. Ali trebalo je iskoristiti razonode koje pruža grad. Tako ih je malo u Trejaku!

Lepe bele šake, malo krupne, crveno lakiranih noktiju, igrale su se nekim vezom. Lagana haljina boje narandže isticala joj je obline gipkog tela. Polovina lica bila joj je zaklonjena velikim šeširom od crne slame, ukrašenim ogromnim cvetom u nijansama boje mandarine. Lorenco pomisli: *Lepa devojka, ali nimalo simpatična, a sudeći po licu i držanju, reklo bi se i da je drska.*

Emil upita s visoka:

– Dobro, Dampleme, pričaj nam o svojim avanturama u Africi. Šta si radio tamo dole?

– Kao što sam maločas rekao gospodinu Monsou, ništa zanimljivo. Radio sam, i to je sve... A ti si se, dakle, skrasio u Trejaku, koliko čujem. Ali još nisi licencirani beležnik?

– Zasad nisam, biću za tri-četiri meseca. U stvari, kako trenutno nemam mnogo posla, vodim ženu u obilaske svojim autom.

Te reči, „svojim autom", izgovorene su s takvom ohološću da se Lorenco neprimetno osmehnuo.

– Sutra je prodaja u Otriju? – upita gospodin Monso.

– Da. Bedan poslić. Ne nailazi se svakog dana na poslove kao što je onaj u Aršansiju. Sećaš se zamka u Aršansiju, Dampleme?

– Naravno! Od malih nogu sam se divio tom veličanstvenom primeru arhitekture sedamnaestog veka i njegovim francuskim prozorima. Pripada grofu od Krejija?

– Ne. Grof je umro prošle godine, a njegovi unuci nisu mogli da plaćaju održavanje takvog doma, te su stavili na prodaju celo imanje. Do prošlog meseca nije bilo kupaca, a onda ga je jedan Englez posetio i kupio.

– Zaboga, ko je taj Englez? Čime se bavi?

– Izvesni Luis Treveston iz Londona. To je sve što znam o njemu. Kako god bilo, platio ga je gotovinom.

Kamij izjavi:

– Lep čovek. Videla sam ga onog dana kad je izlazio iz tvoje kancelarije. Kad će se useliti u Aršansi?

– Ne znam. Sad kad je kupoprodaja obavljena, nismo više u poslovnim odnosima s njim, tako da ga više nisam video.

Gospodin Monso primeti:

– Što ne pokušate da ga pridobijete? Ako je mogao sebi da priušti takav luksuz, zacelo je bogat kao Krez, a za kancelariju bi bilo dobro da ima takvog klijenta.

– Da, uradiću sve što mogu, naravno. Kad se bude smestio u Aršansiju, posetiću ga uz neki izgovor.

– Je li taj Englez mlad? – upita Lorenco.

– Trideset, trideset pet godina. Deluje pristojno i vispreno.

– Oženjen?

– Ne znam. Nije baš pričljiv. Govori samo onoliko koliko je neophodno da se ugovori posao.

– Kako god bilo, ima ukusa, čim je odabrao taj veličanstveni zamak u Aršansiju, gde se ne zna da li je lepše napolju ili unutra. Živeti jedan deo godine u takvom domu, priređivati zabave dostojne tog ambijenta, mora da je kao u snu!

Kamij se pomalo uzrujala dok je to govorila. Zavist joj je izbijala iz očiju. Lorenco ju je gledao podsmešljivo veselo. Gospodin Monso se grohotom nasmejao:

– Da. Baš ono što vama treba, zar ne, gospođice? Pa dobro, ako Englez nije oženjen, pokušajte da ga osvojite!

Kamij se nasmeja:

– Za to bi trebalo da bude ovde.

– Pa dobro, vratiće se. Svakako nije tek tako kupio Aršansi...

– Naravno, da... Vratiće se...

Te reči Kamij je izgovorila rasejano. Odvažan, ali nadmen pogled susreo je njegov. Nekoliko sekundi kao da je bila uzdrmana, no onda je prezrivo okrenula glavu. Ali sledećeg trena, kad se Lorenco opraštao, isti pogled ponovo je ostavio maločas doživljeni utisak.

Kad je mladić otišao, gospođa Monso uzviknu tonom prezrivog saosećanja:

– Taj siroti mladić zacelo živi u najcrnjoj bedi! Jeste li videli kakvo izneseno odelo! Pa izbledeli šešir, cipele! Da ste iste građe, Emile, mogao si da mu daš neko od svojih odela koja više ne nosiš. Svakako bi bilo bolje od onog što sad nosi.

Emil zadovoljno pogleda svoje razmetljivo elegantno odelo pa odvrati:

– Zaista! Mora se priznati da je hrabar kad se usudio da nas poseti u takvom stanju!

– O, znaš da je Lorenco uvek bio na svoju ruku! On se verovatno ne brine zbog nekih stvari.

Gospodin Monso kroz smeh primeti:

– Osim toga, možda smatra da je priroda bila dovoljno darežljiva prema njemu te da će ga svugde rado primiti, uprkos njegovim bednim ritama. Zapravo, Lorenco je zbilja pristao momak, a one oči su se zacelo nagledale žrtava. Čuvajte se, gospođice!

Alida prezrivo stisnu tanke usne. Kamij prasnu u pomalo usiljen smeh.

– Slušajte, ako gospodin Damplem želi da krene u osvajanje, ja kažem da se mora malo bolje oblačiti!

Onaj o kojem su pričali kući se vratio sav veseo. U njegovom pogledu bilo je neke ironične ozarenosti, a usne su mu bile izvijene u zagonetan osmeh. Na uglu Ulice tri povrtnjaka naglo zastade pošto je ugledao dečkića od četrnaest-petnaest godina koji se, kad ga je video, okrenu da se vrati.

– Felikse! – pozva ga.

Feliks Damplem je načas oklevao pre no što ga je poslušao. Bio je previsok za svoje godine, tanan, svetloplave kose i pomalo bezizraznih plavih očiju. Odeven po poslednjoj modi, razmetao se kao kakav otmeni gospodičić. Odazvavši se na bratovljevo dozivanje, nervozno je pogledao ka prozorima kuće okrenutim ka ulici kao da strahuje da će ga odande neko videti.

Lorenco mu spusti ruku na rame.

– Zašto si hteo da se vratiš kad si me ugledao?

– Hteo sam... Zaboravio sam da je trebalo nešto da obavim.

– Šta da obaviš?

– Trebalo je da svratim... kod baštovana. Mama mi je rekla...

– Lažeš. A sad ću ti reći šta je istina: sramota te je da te vide na ulici s bratom u dotrajaloj odeći.

Feliks se zajapuri kao bulka, pa brže-bolje odvrati pogled od brata, ali ne poreče.

Lorenco ga prezrivo odgurnu.

– Ajde, ajde, ovo ću ti zapamtiti! Ja ću te naučiti, tikvane mali, i to tako da više nikad nećeš zaboraviti, da za poštovanje nije dovoljno ponašati se kao guska i obući se kao fićfirić. A sad ćeš se vratiti sa mnom kući. Kod baštovana ćeš drugi put.

Feliks je, besan, pokušao da se pobuni.

– Ne, moram da svratim, inače će me mama grditi.

– Bez brige, ja ću se pobrinuti za to; sve ću joj objasniti. Idemo!

Ukoren, uprkos gnevu koji ga je preplavio, dečkić nije imao hrabrosti da se i dalje suprotstavlja starijem bratu, koji mu je ulivao neobičan strah tim neumoljivim očima i zapovedničkim ponašanjem. Gospođa Damplem je uvek pred svojom decom govorila o pastorku prezrivim tonom. Ali Feliks je, otkako je dan ranije sedeo u Lorencovom društvu, stekao neprijatan utisak da se ovaj odlikuje hladnom i nesalomivom voljom, prezrivom visprenošću s kojom je odmah krenuo da raskrinkava tog prenaglašeno elegantnog lutka, kako bi proverio ima li taj dečak malo pameti i srca.

Gnevan i ponižen, sad je koračao pored brata. Potom je, malo-pomalo, zaostao za njim.

Ali Lorenco se okrenu pa mu grubo naredi:

– Dođi ovamo, da se dobro vidi da si mi brat.

Sreli su gospođu Lorio, koja je na pozdrav svog kumčeta jedva primetno klimnula glavom; potom gospođu Ledik, kao uvek elegantnu, koja se u prolazu sa zanimanjem i znatiželjom zagledala u Afrikanca. Posle nje su naišla dva momka iz Kriona, Feliksovi drugovi, i oni obučeni po poslednjoj modi. Drsko pogledaše Lorenca i ne pozdravivši ga, a Feliksu rekoše:

– Zdravo, Dampleme.

Braća se obretoše na crkvenom trgu, još toplom od jarkog sunca koje je upeklo od ranog jutra. Lorenco reče sa zajedljivom ironijom:

– Imaš vrlo učtive prijatelje. Ako mi se danas-sutra ukaže prilika, zahvaliću im na ljubaznosti.

Feliks promrmlja kroza zube:

– Ne poznaju te. Svi ih smatraju vrlo učtivim.

– Prema bogatašima i onima na visokom položaju možda i jesu fini. Ali što bi se uznemiravali zbog mene, kojeg su procenili kao siromašnog? Ko su ta dva mala klipana? Glasnije to malo, ništa te ne čujem... I gledaj da promeniš taj izraz lica, jer, upozoravam te, nisam baš strpljiv čovek, osim toga, dole sam, sa Afrikancima, naučio žestoko da mlatim.

Feliks se trže, pa se zajapuren od gneva odmaknu od brata.

– Nemaš pravo da me pipneš!

– To ćemo još videti. A, eno Elen!

U senci rimskog portika ukazala se devojčina vitka figura. Lorenca, koji je malo pre toga video Kamij Tremon, još više pogodi Elenina urođena otmenost, dostojanstvena jednostavnost njene crnine, prefinjena ljupkost kojom je zračila ta lepota, tako čista, tako nenametljiva. Pošao joj je u susret, dočekan uz mio osmeh koji je i dan ranije primetio, osmeh koji joj je obasjavao dubok i pomalo setan pogled.

– Išla si da se pomoliš, rođakice?

– Da. Molitva mi prija... Uliva mi hrabrost.

Jedna senka prelete joj preko blistavog pogleda, a usne jedva primetno uzdrhtaše.

Lorenco je, produživši ka kući, primetio:

– Verujem da te mnogo unesrećuju, Elen.

Devojka pocrvene, pa postiđeno odvrati:

– Moje rođake su drugačije naravi... Ne razumeju me.

– I mrze te, ljubomorne su na tebe i na tvoju lepotu.

Nasmejao se videvši je kako je još više pocrvenela.

– Ali tako je, Elen. To je nešto što mnoge žene ne praštaju. Osim toga, siromašna si; a ljudi misle da imaju prava na sve kad je reč o siromasima kojima se sreća nije osmehnula. Znam nešto o tome! Evo, maločas sam morao da prisilim svog brata da hoda pored mene; stidi se moje odeće, jadno dete. A kod Monsoovih su me primili kao smetalo. Siguran sam da će mi prilikom sledeće posete njihova domaćica reći: „Nema nikoga kod kuće, gospodine Lorenco."

Njegova vesela ironija začudila je Elen.

– Divim ti se što tako prihvataš okolnosti.

– O, nema u tome nimalo moje zasluge! Zabavlja me da gledam sve te tašte praznoglavce! Ali da se vratimo tebi, čini mi se da se rođake prema tebi ponašaju gore nego prema sluškinji. Zar ne? Ajde, vidim da te dovodim u nepriliku, rođakice, ali biće da si previše dobrodušna. Jednom ćeš mi ispričati sve svoje nedaće.

U tom trenutku su stigli do kuće; vrata su bila otvorena jer je Feliks iskoristio to što je njegov brat načas bio zastao, pa brže-bolje zbrisao. Elen je otišla u svoju sobu, a Lorenco je izašao u vrt, gde su gospođa Damplem i Žanin vezle u hladu lipe.

– Poslala si Feliksa da nešto obavi?

– Ja? Ne. Što pitaš?

– Bio sam siguran da laže, ali hteo sam da se uverim. Izmislio je taj izgovor da se ne bi vratio sa mnom kući. Molim te da mu objasniš, budući da živi pod mojim krovom, kako neću trpeti da me se van kuće stidi.

Gospođa Damplem odvrati, pometena, i pomalo jetko:

– Ali, dragi moj, grešiš što tako tragično shvataš jednu dečju ludoriju. Uostalom... dozvoli da ti dam savet: pošto već, kao što si sâm rekao, imaš neku malu ušteđevinu, dobro bi bilo da kupiš pristojno odelo. Ovo ti je... zaista... Zaista je za bacanje.

Mucala je i crvenela pod podrugljivim pogledom svog pastorka.

– Moja mala ušteđevina ima korisniju svrhu. Odeća mi je stara, demode, priznajem. Ali je čista, i meni je to dovoljno. Ne nameravam da krijem svoje siromaštvo kao da je to sramota. Ako se neki zbog mene osećaju poniženo, tim gore po njih!

Okrenuo se na peti i otišao praćen besnim pogledom gospođe Damplem.

– Nimalo se nije promenio! Tvrdoglav je, nikog ne sluša, ponaša se kao da uopšte ne mari za tuđe mišljenje! I još se postavlja kao neki autoritet! Ah! Bojim se da će nam taj teške trenutke prirediti, dete moje!

– Da, odmah se vidi da s mladim gospodinom neće biti nimalo lako – prezrivo će Žanin. – Ako nastavi ovako, plašim se da će nam zajednički život uskoro postati nepodnošljiv.

Gospođa Damplem zaječa:

– A šta ćemo onda? Šta ćemo? I sad kad ne plaćamo najam jedva sastavljamo kraj s krajem. Slušaj, kćeri, nema nam druge nego da mu se ne suprotstavljamo previše. Reći ću Feliksu da ga ne udara tamo gde je osetljiv. Ah, kakav nepodnošljiv momak, taj Lorenco!

Od tog dana gospođa Damplem je često imala priliku da sprovede u delo svoju pomirljivost... Iz interesa. Budući da su u kući imali samo jednu veoma mladu služavku, majka i ćerka su navikle da za stolom obično ustaje Elen. A ni Feliks se nije ustručavao da je diže. Jedne večeri, kad su počeli da jedu supu, Žanin zlovoljno primeti:

– Mari Luiz je zaboravila da posoli. Stvarno očajno kuva! Trebalo bi bolje da je nadzireš, Elen; drugog posla ionako nemaš. Evo, ni slanika na stolu nema. Na ovom stolu svaki put nešto nedostaje. Stvarno ne znam na šta ti misliš, draga moja!

Elen krenu da ustane, ali jedan Lorencov pokret je zaustavi.

– Ne uznemiravaj se. Feliks će to.

Kako se dečak nije ni pomerio, Lorenco mu naredi:

– Idi po slanik!

Gospođa Damplem se odmah umeša:

– Ne zna on gde je.

– Pa dobro, naučiće. Jasno, Felikse?

Feliks pogleda u majku kako bi proverio sme li da istraje. Ali gospođa Damplem reče, prikrivajući bes:

– Dole je, u kredencu.

A Feliks tad, osećajući bratov bespogovorni pogled, ustade da posluša, ali krajnje nevoljno.

4.

Narednih dana Lorenco je obavio još nekoliko poseta.

Otišao je kod Barbelijeovih, svojih rođaka, koji ga nisu primili. Gospođa je izašla, rečeno mu je, kao i gospodin, iako je, pre no što je pozvonio, Lorenco čuo Barbelijeov glas.

Pred kućom beležnika Loanoa, u kojoj je živeo Emil Monso sa ženom, vrata mu je otvorila gospođa koja ga je ljubazno primila, ali kao da joj je bilo neprijatno kad ju je pitao može li da vidi njenog muža.

– Emil je zauzet s klijentom. Biće mu mnogo žao...

Lorenco pomisli: *Lepo. I ovde su data uputstva: ne primaj onog nepoželjnog Damplema. Eh! Rođaci i prijatelji moji, svi me primaju raširenih ruku!*

Otišao je kod gospođe Klementje, stare dame s profilom koze, koja je svojevremeno bila dobra prema njemu. Primila ga je blagonaklono, ali jedva se odbranio od znatiželje te divne žene koja je po svaku cenu htela da sazna šta je radio tokom svih tih godina u inostranstvu. Neodređeni mladićevi odgovori kao da su je iznenadili, čak zabrinuli, jer je gospođi Ledik, koja ju je nedugo zatim posetila, poverila:

– Bojim se da je taj momak napravio neku veliku glupost. U tom slučaju, njegova maćeha je možda u pravu što je sumnjičava. Bilo bi šteta ako je tako! Momak koji ima sve kad je fizički izgled u pitanju i koji deluje prepametno! Nadajmo se da će bar sad krenuti ozbiljno da radi i vodi uredan život.

Lorenco je naposletku posetio gospođicu Madlen Amber, koja se dan ranije vratila iz Angulema, gde joj je živeo brat. Gospođica Amber je bila drugarica iz detinjstva Andrea Damplema, a kasnije se ponela kao prava starija sestra Đelsomini, pomalo zbunjenoj nakon preseljenja, jer pre udaje nije mrdnula iz Firence. Lorenco se sećao dobrote koju je pokazala kad je tako rano ostao siroče. Ali ona je napustila Trejak kad je njemu bilo jedva dvanaest godina, pošla je za bratom koji se iseljavao.

Lorenco se nekoliko godina dopisivao s njom; potom, kad je otišao iz Francuske kako bi se prepustio pustolovnom životu, samo bi joj tu i tamo poslao poneku razglednicu. Ipak, nije zaboravio prijateljicu iz turobnih dana i čim se vratio, pitao je za nju.

Maćeha ga je obavestila da gospođica Amber sad živi u Trejaku, u svojoj kući u Donjoj ulici, brat joj se oženio udovicom jednog industrijalca iz Angulema, te je stara gospođica živela sama s domaćicom i mnogo se bavila dobrotvornim radom.

Na osnovu nekih jetkih opaski gospođe Damplem, Lorencu odmah bi jasno da ni danas, kao ni u prošlosti, ne postoji međusobna naklonost između te dve žene, tako različite po sklonostima i naravi.

Kad je Lorenco otišao kod gospođice Madlen, zatekao ju je kako sređuje račune u starom salonu okrenutom ka senovitom vrtu iza kojeg je tekla reka. Bila je blagajnica Društva za skupljanje odeće za siromašne; ali za razliku od gospođe Lorio, dobročinstvom se bavila s više skromnosti, misleći samo na slavu Božju i dobrobit bližnjih. Volela je da se šali, ali na prefinjen način, u njenim šalama nije bilo zlobe, kao ni pretencioznosti jedne predsednice Društva, kao kod onih koji, baveći se dobrotvornim radom, dižu sebi spomenik. Od bližnjih nije krila muku, malodušnost, koje su u njoj često izazivale sitne sujete, glupa podložnost, zainteresovani pogledi, čemu je i sama često bila svedok.

Niska i sitna, i dalje je bila živahna kao nekad, mada se, s tom sedom kosom i licem izbrazdanim borama, Lorencu činilo da je mnogo ostarila. Ipak, i dalje je imala isti blagonaklon i iskren pogled, možda pomalo vragolast, zamagljen suzama dok je, ganuta, gledala Lorenca.

– Drago dete, toliko sam puta pomislila na tebe! Dozvoli ovoj starici da te zagrli.

U spontanom gestu Lorenco spusti koleno na pod pa okrenu obraz gospođici Amber da ga poljubi. I on je bio duboko ganut. Stara gospođica obujmila mu je lepo muževno lice i dugo ga gledala.

– Ličiš na majku. Imaš njene oči, njene lepe oči. Jadna draga Đelsomina.

– Hoćete mi pričati o njoj, gospođice?

– Hoću, sine moj, kad god poželiš. Sedi ovde... I kaži mi, pre svega, šta si radio svih ovih godina.

Ali Lorenco je i s njom bio uzdržan kao i s gospođicom Klementje.

Gospođica Madlen, vrlo taktična, nije navaljivala, već je počela da priča o Andreu Damplemu, o njegovoj prvoj ženi, Lorencovom detinjstvu. Potom je, odgovorivši na jedno mladićevo pitanje, govorila o gospođi Damplem, o Žanin, o Feliksu, kojeg je majka tako nerazborito vaspitavala.

– Primetio sam – rekao je Lorenco. – U mom prisustvu se još i uzdržavaju. Žanin je razmažena, tašta i sebična; Feliks je komični kicoš, a oboje su opsednuti sobom i, bojim se, bezosećajni. Ali vaspitanje koje je mogla da im pruži gospođa Damplem nije ni moglo uroditi drugačijim plodovima.

– Zaista nije baš mudra. Ne znam kakva će biti budućnost te dece, jer kažu da je ona do guše u dugovima.

– Radiće, zaboga! U mojoj poslednjoj raspravi sa ocem, ona mi je dobacila: „Ni za šta nisi! Nemoj misliti da će neko plaćati tvoje lenstvovanje!" Te reči će možda jednog dana neko izgovoriti njenoj deci, i to s mnogo više razloga. Tad će shvatiti koliko je teško zavisiti od drugih, trpeti poniženja kojima ona sa zadovoljstvom izlaže druge, na primer, onu jadnu Elen Surber, koja je kriva što nema novca, a otežavajuća okolnost joj je što je previše lepa. Krajnje bezobzirno je tera da radi kao da je sluškinja, iako joj uzima gotovo sav njen mali prihod, još je zauzvrat drska prema njoj. To sam juče izvukao od svoje rođake, na jedvite jade, zato što je izuzetno fina i dobrodušna.

Gospođica Amber je spustila ruku na Lorencovu, sa izvesnim prekorom posmatrajući njegovo odjednom ogrubelo lice, smrknut, gotovo zao pogled.

– Lorenco, kako ti mrziš tu ženu!

– Da, ne krijem to. I sa uživanjem bih joj se osvetio.

– Osvetio! Jadno dete, to nije hrišćanski!

On muklim glasom odvrati:

– Kad biste znali koliko sam propatio zbog nje! Da ste čuli njene podmukle insinuacije protiv moje jadne majke. Njene uvredljive reči na moj i njen račun! Malo-pomalo moj otac je postajao sve neblagonakloniji prema meni; primećivao sam da, pod uticajem te žene, pogrešno tumači svaki moj postupak. Da, zaista mi je zatrovala dečaštvo! A to se, što se mene tiče, ne zaboravlja... Ili bar treba imati vrline junaka, koje ja, iskreno, nemam.

– Ma ne, dovoljno je ne biti previše ponosan, dušo. Ajde, ajde, očitaću ti slovo drugi put kad budeš došao! A tvoja mala rođaka ti može poslužiti kao primer milosrđa. Reklo bi se da je draga ta curica i veoma predana. Viđam je u crkvi, ali nikad nisam bila u prilici da popričam s njom, jer ne ide ni na kakva okupljanja.

– Gospođa Damplem je od nje napravila još jednu sluškinju. Osim toga, previše se plaše da će potpuno zaseniti Žanin. Ah, toliko je nedostojnih ljudi na ovom svetu, draga gospođice!

– Ali ima i mnogo dobrih duša. Sećaš se Žorža Arija?

– Kako da ne! Bio mi je školski drug, sjajan momak. Štaviše, bili smo veoma naklonjeni jedan drugom. Šta on radi?

– Završio je za inženjera i našao dobar posao u toj oblasti kad je pre dve godine, na odmoru u Pirinejima, doživeo nesreću, posle koje je ostao skoro nepokretan. Više nije mogao da zarađuje za život... Ostao je bez novca, s troje dece koju treba izdržavati. Siroti ljudi, doselili su se nedaleko odavde, u kućerak koji su jeftino unajmili, jer je mnogo oronuo. Žena mu, vrlo sposobna, sve sama radi, neguje muža krajnje požrtvovano, održava malu baštu u kojoj gaji mahunarke, osim toga, decu je odlično vaspitala. Siromašni su kao crkveni miševi, dragi moj. Suočili su se sa svim mogućim odricanjima, da ne govorimo o tome koliko im je povređen ponos. Ipak, Žorž se na zadivljujuć način pomirio s tim. Uvek mi govori: „Potpuno se uzdam u to da će nam Bog poslati pomoć koja nam je potrebna!"

– Jadni Ari! Mnogo bih voleo da ga vidim. Mislite da bi mu bilo drago da se vidimo?

– O, kako da ne! Seća te se s velikim zadovoljstvom! Kaže kako si ga svojevremeno branio od jačih dečaka, kako si delio s njim narandže, čokolade...

Lorenco se nasmeja.

– Da, izazivao je u meni zaštitnički nagon. Bio je nežne građe i stidljiv, a ostali su to koristili, voleo bih kad bih sad mogao delotvorno da mu pomognem.

Kratak pogled na njegove bedne rite otkrio je mladiću šta gospođica Madlen o tome misli: *Jadno dete, ti ga svakako nećeš izvući iz neprilike.* Potisnuo je osmeh koji mu se ukazao na usnama pa upitao:

– Gde živi, gospođice? Posetio bih ga sutra.

Gospođica Amber mu dade uputstva. Lorenco se potom oprosti od nje, obećavši da će uskoro ponovo doći.

Kad je stigao kući, otprilike jedan sat je proveo u svojoj sobi, pišući neko pismo ili možda dnevnik, s obzirom na količinu papira koju je utrošio. Kad je završio, sve je stavio u fioku radnog stola, pa sišao u vrt.

Ispod lipa koje su napravile velik senovit ugao, Elen je krpila rublje. Lorenco je seo pored nje, osmehom odgovorivši na stidljiv pogled kojim ga je dočekala.

– Uvek u poslu, jadna Elen! I to kakvom poslu za tako nežne ruke! Šteta je što se bave nekakvim krpama... Da, da, stidi se ti koliko god hoćeš, nećeš me sprečiti da kažem istinu.

Gledao ju je šaljivo i ujedno zadivljeno. Elen je malo spustila pogled pokrivši ga finim trepavicama, zbunjena ali podsvesno srećna što joj se dive te oči koje su je već opčinile i koje bi pri pogledu na nju postale neobično nežne.

Lorenco joj se približio i uhvatio je za ruke.

– Pričaj mi još malo o svojoj majci, o vašem životu u Brevijiju. Ovde nikad ni sa kim ne razgovaraš, zar ne?

– O, nikad!

– Ali sa mnom razgovaraš?

Plave oči, koje su zračile poverenjem i čistom svetlošću, odgovoriše zajedno sa Eleninim usnama:

– Da, s tobom mogu da razgovaram o dragim uspomenama, jer osećam tvoju blagonaklonost, koja mi, veruj, mnogo prija. Bila sam toliko srećna sa svojom mamom! Drugima bi, možda, takav život bio tužan i jednoličan. Ali ja, kad me neko voli, nisam mnogo zahtevna u pogledu razonode i mogu mnogo čega da se lišim, a da ne budem nesrećna zbog toga. Tako me je mama naučila. Uvek je govorila: „Vidiš, Lenik", to je moje ime na bretonskom, ona me je tako zvala, „vidiš, samo jedno je važno: obavljaj svoju dužnost, imaj to na umu u svakoj prilici koju ti Bog pruži. Bogata ili siromašna, samo tako ćeš biti srećna." Trudim se da se pridržavam njenih saveta, ali kao što vidiš, još u tome ne uspevam jer sam često tužna, osetljiva...

Lorenco joj stegnu nežne prste na nervoznoj i tananoj ruci.

– Veoma si hrabra, veoma strpljiva, Elen, divim ti se, i to ja, kome je duša puna gorčine i mržnje!

Elen ponovi s bolnim iznenađenjem:

– Gorčine? Mržnje? O, kakva ružna osećanja!

– To mi je maločas rekla i gospođica Amber. Ali drugačije ne može biti. Gospođa Damplem je od mene napravila kivnog čoveka; zbog nje sam otišao odavde, ljut na svog oca. A onda sam ga izgubio, ne dobivši oproštaj od njega. Shvatio sam da mi je oprostio tek kad sam saznao da je kuća, po njegovoj želji, moj deo nasledstva. U poslednjem trenutku je pobegao zloj sili. Ali ne mogu da zaboravim... Ne, ne! I osvetiću se... Da, osvetiću se!

Govorio je s prividnim mirom, ali u njegovim tamnim očima goreo je žarki plamen, a beli zubi iza razmaknutih usana isticali su crvenilo na njegovom licu.

Elen je drugu ruku spustila na njegovu. Devojka molećivo reče:

– Nemoj tako da razmišljaš! Tužno je slušati te kako to govoriš, Lorenco. Bezmalo me plaši!

On se osmehnu a lice mu namah omekša, pogled se pretvori u milovanje.

– Ne, ne treba da me se plašiš, Elen. Ja sam ti prijatelj, i to ću ti i pokazati.

Spojio je devojčine dlanove između svojih šaka, pa se sagnuo da joj poljubi vrhove prstiju.

– Moraš mi poveriti sve svoje nevolje, Lenik... Mogu li tako da te zovem?

Elen mu odvrati, veoma dirnuta:

– O, da, biće mi drago! Otkako je mama umrla, niko me nije zvao tim imenom, koje mi se mnogo sviđa.

– Ja ću te tako zvati kad budemo sami. I meni se mnogo sviđa.

Još malo su ćaskali, sve dok se nisu trgli na nečiji razdražujuć glas. Gospođa Damplem se pojavila na rubu hlada velikih lipa.

– A trešnje za večeras, Elen?

– O, zaboravila sam.

S tim rečima, devojka je hitro ustala. Gospođa Damplem je odsečno dodala, dobacivši ljutit pogled pastorku:

– Eto šta biva kad ćaskaš umesto da radiš. A s rubljem za krpljenje, dokle si stigla?

– Skoro sam završila.

– Da nisi dangubila, sasvim bi završila.

Lorenco ustade, pa načini korak ka maćehi, s hladnim podsmehom primetivši:

– Kad te čovek sluša, rekao bi da je Elen obavezna da završi te poslove i zadatke. Ipak, plaća ti sasvim dovoljno da ima pravo na svoju slobodu, a ne da se prema njoj ponašate kao da je sluškinja.

Gospođa Damplem je načas ostala zatečena tom grubom primedbom. Ali brzo se pribrala i jetko odvratila:

– Sasvim je ispravno da mi za gostoprimstvo koje joj ukazujem zauzvrat malo pomogne u vođenju kuće.

– Žao mi je što ti moram skrenuti pažnju pre svega na jedno: kako je ovo moja kuća, ja sam taj koji Elen ukazuje gostoprimstvo. Osim toga, pre nego što je zamoliš za pomoć, mogla bi najpre da se obratiš svojoj kćeri, koja se od jutra do večeri bavi glupostima.

Krv jurnu gospođi Damplem u lice kad mu je drsko odvratila:

– Ne prihvatam tvoje primedbe i činim ono što mislim da je najbolje za moju dečicu i za Elen, koju mi je njen tutor poverio na brigu.

– Odlično. Ali budući da ja ne podnosim nepravde u svojoj kući, moliću te da, ukoliko ti je baš stalo da ih činiš, činiš to negde drugde.

S tim rečima, Lorenco se okrenu na peti i ode u kuću.

Gospođa Damplem u gestu očajanja pusti da joj ruke padnu niz telo. Taj ultimatum je slomio njenu drskost. Elen je drhtavim rukama skupljala rublje koje je krpila. Kad je krenula u kuću, gospođa Damplem joj se gnevno obrati:

– Poveravala si mu se, a, licemerko mala? A sad ste veliki prijatelji! Upijaš njegove lepe priče kao neka glupača! On se zabavlja udvarajući ti se, a onda će ti se smejati, kao mnogim drugima. Pazi šta radiš, Elen, upozoravam te.

Prišla je zatečenoj devojci, pa je uhvatila za nadlakticu.

– Šta ti je to pričao, nagnut, držeći te za ruku?

– Razgovarali smo o mojoj majci, o Brevijiju. Budi sigurna da nikad ne bih dozvolila...

Prekinu je ironičan smeh.

– Jadna Elen, tako si naivna! Tvom rođaku nije mnogo trebalo da to shvati, da zaključi da je jedna sentimentalna i neiskusna balavica kao što si ti lak plen. Ponavljam ti da se čuvaš. Lorenco je zavodljiv, vešt, svakako beskrupulozan posle svog pustolovnog života. Ne veruj mu, ne prihvataj njegovu zaštitu, koju je, izgleda, vrlo spreman da ti pruži. To ti je savet iz iskustva. A sad idi da nabereš trešnje.

Elen uze korpicu sa stola, pa se zaputi u donji deo bašte. Hodala je zadubljena u misli, pogleda uprtog nekud ispred sebe, kao da ništa ne vidi. Intimna radost koju je malo pre toga osećala u Lorencovoj blizini, naglo je prekinuta. Sad je pak osećala zebnju i neku duboku tugu. Naravno da nije gajila poverenje u gospođu Damplem i nije sasvim verovala njenim rečima. Ipak, morala je priznati da ne poznaje svog rođaka, koji joj je od prvog dana bio veoma drag. Bio je tako dobar prema njoj, izgledao je odano, ozbiljno, iskreno dirnut nesrećom svoje bretonske rođake, koja se, otkad je on tu, osećala zaštićeno, a ne kao da nema nikog svog u životu. Ali sad je, obuzeta brigom, mislila kako te lepe oči, nežne i ujedno odlučne, izazivaju u njoj nemir ranije nepoznat, koji ju je plašio.

Strah je ščepao njenu nežnu dušu koja je izbegavala čak i privid zla. Srce joj je jače tuklo, a krv joj je jurnula u lice kad je sa zebnjom pomislila: *Možda je moja rođaka u pravu.*

5.

Prošlo je dvanaest dana od Lorencovog dolaska, a mladić nije pominjao da će otići. Gospođici Amber i gospođi Klementje je rekao: „Imam na umu jedno mesto, ali još neko vreme ne mogu tamo da se uselim." I nije im pružio detaljnija objašnjenja. U međuvremenu je išao u duge šetnje u prirodi, a ostatak vremena je provodio u svojoj radnoj sobi, gde je čitao i pisao pisma. Ta pisma nikad nisu prolazila kroz poštu u Trejaku. Jednom nedeljno Lorenco bi otišao u Sent, tamo bi ih ubacio u sanduče, a iz poštanskog pretinca pokupio brojna pristigla. Ali o tome niko u Trejaku nije znao ništa. Momak nikada nije pričao o svojim odnosima s ljudima izvan varoši, kao što nikad nije govorio ni o vremenu provedenom u inostranstvu.

Gospođa Damplem je rado poveravala svoju uznemirenost gospodinu Barbelijeu, jer je brzo uvidela da ni on ne gleda sa odobravanjem na njenog pastorka.

– Mora da se bavio mutnim poslovima. Sumnjivo je to ćutanje, vrlo sumnjivo. A kako mi svake nedelje plaća što se hrani u kući, mnogo se brinem da to neće potrajati! On je u stanju da dopusti da ga ja izdržavam, svestan da sam u njegovoj kući, stoga i u njegovoj moći!

Gospodin Barbelije je vrteo glavom.

– Govorio sam ja da je taj dečak lenština. Nadajmo se da nije i nešto gore, kao što kažeš! Da, budi oprezna, Karlota... Pazi da ne odigra kakav gadan potez. Opasan je taj Lorenco! Mogao bi da postane veliki pustolov. Ko zna da li mu je baš to namera! Ah, jadna rođako, zaista mi te je žao što ne možeš da izbaciš napolje tu individuu!

– Nažalost! Još moram da budem obzirna prema njemu! Ah, dragi Adrijene, nikad neću oprostiti svom mužu što je kuću ostavio tom izopačenom sinu, tom mrskom Lorencu!

Gospođa Damplem je, naime, živela u stanju neprekidne uznemirenosti. Posle pastorkovog ultimatuma manje je posla tovarila Elen na vrat i trudila se da bude ljubazna u Lorencovom prisustvu. Prema njemu je, u nadi da će ga odobrovoljiti, ispoljavala izveštačenu brižnost.

Ali nailazila je na neprijateljsku, prezrivu i neumoljivu hladnoću. Bila je prisiljena da udovoljava njegovim prohtevima, a on se zabavljao stalno izmišljajući nove. Kao što je jednom rekla gospođa Monso: „Nema težeg čoveka od tog odrpanca." Ali pred njim se trudila da se smeška i zabrinuto je, krišom, pogledavala onu njegovu boru na čelu, tražila blesak ljutnje u pogledu, mrštenje veđa.

Žanin je, t300000000000000 trepereći od potisnutog gneva, takođe morala naoko dobroćudno da prihvata ironične primedbe u kojima je njen brat bio nenadmašan, i to na račun svoje odeće, svog ponašanja, svojih razonoda. Ne tako vična licemerju kao majka, nije uvek uspevala da prikrije udarce na svoju taštinu. Ipak, bolje se snalazila od onog dana kad joj je s ironičnim mirom rekao:

– Niko te ne prisiljava da sediš ovde i slušaš me. Ali dok budeš sedela, neću se uzdržavati da ti kažem šta mislim.

Feliks je pod bratovljevim strogim i zapovednim pogledom postao miran kao bubica. Nadoknadio bi to kasnije, s majkom i sestrom, ogovarajući tog „pustolova", tog odrpanca kojeg su se stideli.

Lorenco je nastavio nepokolebljivo da ide u posete. Kod gospođe Lorio mu je odgovoreno da „gospođa nije kod kuće", iako je gospođa upravo tog dana primala. Uveče je, za trpezom, gospođa Damplem, ne bi li ga ponizila, izjavila kako su ona i Žanin bile na čaju kod gospođe Lorio. Drugi pokušaj na vratima Barbelijeovih završio se na isti način. Andrej Barbelije, koju je jednom sreo na ulici, bezmalo mu je okrenula leđa. Potom se i Emil Monso, koji je na pločniku razgovarao s jednim poslanikom, pravio da ga ne vidi. Lorenco kao da je s filozofskim mirom podnosio sve te sitne pakosti koje je potom, uz dozu humora, prepričavao gospođici Amber, uvek srdačno blagonaklonoj, ili bračnom paru Ari koji ga je od prvog trenutka osvojio.

– U pravu ste, Žorž je divan – rekao je gospođici Madlen. – I kako mu je žena draga, tako hrabra i nepomućene vere!

– U tom smislu mnogo duguje savetima i primeru svog muža. Kad su se venčali, bila je devojka uglavnom okrenuta svetovnim stvarima, prilično površne vere. Ali on je umeo da prodre u dubine koje vaspitanje nije moglo da dosegne. Od prvih dana braka on se trudio da istakne te njene osobine. Sad su dva tela jedna duša.

– Da, odmah sam primetio. I deca su im čarobna. Mali Žozef se već vezao za mene, a njegove sestrice me obasipaju osmesima. Ali kakvo siromaštvo vlada u toj kući! Ipak, oni su to prihvatili, štaviše, bezmalo s radošću, on nepokretan, ona s tako teškim teretom na plećima.

Takve duše pročišćavaju od sitnodušja, od moralne gnusobe na koju nailazimo na drugim mestima. Mislim da je moja rođaka Elen ista takva. Njena nežna, osetljiva priroda puna ljubavi ispunjena je životnom snagom i odvažnošću kakvima se divim i kod Arija i njegove žene. Ali ta jadna devojka mnogo pati što živi s mojom maćehom i sa Žanin.

– Treba da joj kažeš da me poseti. Ne verujem da bi joj gospođa Damplem zabranila, zar ne?

Lorenco se osmehnu pomalo zajedljivo.

– Ne, neće joj zabraniti jer ja to ne bih dozvolio. Ukrotio sam je, znate, svoju dragu maćehu. Kod nekih ljudi sve se može postići ako se oslonite na interes. Onda, poslaću vam Elen, gospođice. Kod vas će se naći u svom prirodnom okruženju i govoriće iz srca, kao što je razgovarala sa mnom kad je osetila moju naklonost.

Po povratku iz posete gospođici Madlen, Lorenco je naišao na Elen, koja je silazila, spremna da izađe.

– Ideš u crkvu?

– Da, rođače.

– Zovi me Lorenco, više mi se sviđa... I dođi na trenutak u radnu sobu; moram nešto da ti kažem.

Elen je pošla za njim, nesigurna i uzbuđena. Otkako ju je gospođa Damplem upozorila na njega, izbegavala ga je kad god može i uspela je da nijednom ne ostane sama s njim. Ali sasvim joj je jasno bilo da njega čudi takvo držanje i da će je pre ili kasnije pitati za objašnjenje. I šta će mu tad reći? Naravno, njemu ne bi bilo dovoljno neko neodređeno objašnjenje, tom autoritativnom i visprenom Lorencu, čiji pronicljiv pogled tako često oseća na sebi!

Kad je stala pred njega u radnoj sobi, on joj je odlučno spustio ruku na rame.

– Šta te muči, Elen? Šta su ti napričali protiv mene?

Budući da je devojka postajala sve crvenija u licu i da je ćutala, spuštajući pomalo ustreptale kapke, on je nastavio uz podrugljiv osmeh:

– Dobro de, ne moraš mi odgovoriti, jer mi je sasvim jasno u kakvo sam divno stvorenje pretvoren zahvaljujući svojoj milostivoj maćehi. Ta dobra duša nije mogla smisliti ništa bolje da izazove tvoje podozrenje prema meni. Mada, platiće mi za tu podlost, kao i za sve ostalo. Ali ti, Lenik, moraš imati poverenja u mene. Želim da veruješ u blagonaklono poštovanje koje gajim prema tebi.

Uhvatio ju je za ruku i zagledao se duboko u nju, sa odanošću koja ju je dirnula.

– Mala moja Lenik, znam da mnogo tražim od tebe očekujući da mi dokažeš da mi veruješ, jer ti me još ne poznaješ. Ali uskoro ću ti pokazati da nisi pogrešila što si mi ukazala poverenje. Kaži da mi veruješ, Lenik, da me se više ne plašiš!

Elen odgovori podigavši ka njemu ganut pogled svojih lepih očiju:

– O, ne! Ne, ne plašim se... I verujem ti, Lorenco.

– Hvala, rođako. Tako milo izgovaraš moje ime tim lepim melodičnim glasom. Trebalo bi češće da mi se obraćaš.... Jer više mi nećeš bežati, zar ne? Radićeš u bašti, gde ćemo ćaskati, ne mareći za gospođu Damplem.

– Da, u redu.

– Odlično. Osim toga, treba da ti prenesem jedan poziv. Gospođica Amber, s kojom sam pričao o tebi, želi da je posetiš.

– O, vrlo rado! Reklo bi se da je divna žena.

– Predivna! Vas dve ćete se sjajno razumeti. A ona ti neće, kao gospođa Damplem, ogovarati ovog jadnog „Afrikanca".

Nasmejao se, pa dodao, uz odsev sarkazma u očima:

– Ona me nije odbacila, kao gospođa Lorio, koja ovog odrpanca povratnika smatra ništarijom, toliko da se od njega ne može zatražiti ni dobrovoljni prilog za udruženje kojim uvažena gospođa predsedava. Zaboga! Takav čovek ni pogleda nije vredan!

Devojka odvrati s bolnim čuđenjem:

– Šta? To je učinila?

– Da... Ali nisam se nimalo začudio, poznajući glupavi ponos i ciljeve te gospođe. Hajde da ne pričamo više o tome, mrzak mi je takav soj ljudi. Kad se budeš vratila kući, pridruži mi se u vrtu. Pričaću ti o mojim prijateljima Arijevima. Tako ću odagnati gnev i ružne misli.

– Da, do skorog viđenja, Lorenco.

Potom je dodala, gledajući ga nežno i ozbiljno:

– Moliću se da oprostiš.

– Dobro, pomoli se za mene, draga Elen. Ja i dalje verujem, ali zaboravio sam mnoge premise iz jevanđelja, te ću ti dozvoliti da me ponekad na njih podsetiš, Lenik.

Devojka mu zahvali pogledom ispunjenim radošću. On joj poljubi ruke, kao nekoliko dana ranije, a ona ode da pred Bogom izlije svoje zadovoljstvo, jer sad se napokon oslobodila tog podozrenja zbog kojeg je toliko patila. U Lorencovim očima pročitala je odanost i poštovanje i verovala mu je svim srcem i dušom. Shvatila je i da je u njemu našla i dragog prijatelja i zaštitnika.

6.

Jednog jutra Žanin je po povratku kući zatekla već postavljen sto. Kad je sela, objasnila je:

– Srela sam sad Alidu pa smo malo popričale. Izgleda da je gospodin Treveston otkupio još neke farme i važna imanja u okolini. Tako je postao najveći zemljoposednik u zemlji.

– Pravi markiz od Karabasa – ironično će Lorenco, misleći na protagonistu poznate priče.[1]

Gospođa Damplem primeti:

– Svakako namerava ovde da se skrasi. Ali neobično je što ga ne viđamo.

– Renoviranje Aršansija je skoro dovršeno – reče Žanin.

– Videle smo kad smo pre nedelju dana išle u obilazak zamka.

Lorenco se okrenu ka rođaki.

– Jesi li i ti išla, Elen?

Devojka odmahnu glavom. Naime, do tog dana niko iz kuće Damplemovih nije smatrao potrebnim da i njoj omogući kakvu razonodu ili zabavu.

– Pa dobro, ako gospođa Amber bude slobodna po podne, mogli bismo da odemo s njom. Mislim da ga ni ona nije videla.

Gospođa Damplem nije se usudila da stavi bilo kakvu primedbu. Više se nije suprotstavljala pastorku i mladoj rođaki, budući da joj je sad samo jedno bilo važno: da sačuva bar krov nad glavom. Poverioci su sve više navaljivali i gospođa Damplem je bila sve pometenija. Uzalud je tražila novac na zajam. Žanin joj je, uznemirena i besna, pravila pakao od života. Odjeci tih scena i tog besa stizali su sve do Lorencovih ušiju. Ali činilo se da je on potpuno ravnodušan i da ga to nimalo nije sprečavalo da zahteva da ga kako treba služe i da u kući ima sve moguće udobnosti na koje je navikao.

---

[1] Reč je o priči *Mačak u čizmama*. (Prim. prev.)

– On kao da je navikao da bude okružen poslugom! – ljutito je vikala gospođa Damplem. – Ah! Zna on dobro da moram da ga trpim! Čudovište je taj Lorenco!

Kako god bilo, prema tom čudovištu se ponašala sa sve više uvažavanja. Da bi mu udovoljila, morala je da pomaže mladoj služavki, da prlja ruke kućnim poslovima, jer Lorenco je voleo da kuća bude uredna, a morala je i da radi po kuhinji, što je nekada bilo povereno Elen.

Devojka joj je, kao uvek dobrodušna, ponudila svoju pomoć; ali rođaka ju je oštro pogledala jetko joj odvrativši:

– Ne, ne bih ponovo da ti pružim priliku da se ponašaš kao mučenica pred svojim rođakom.

Gospođica Amber je sa zadovoljstvom prihvatila poziv da obiđu zamak, te su dvoje mladih i gospođica Madlen oko dva seli u neki rasklimani auto koji je Lorenco unajmio u gospođičinom susedstvu. Vozio je veoma dobro, budući da je u svom pustolovnom životu neretko putovao autom, i to po krajevima s lošim putevima, čak i tamo gde ih i nema. Aršansi se nalazio desetak kilometara od Trejaka. Elen se divila lepom prilaznom putu oivičenom bukvama, koji je vodio do glavne kapije. Vratnice su pak lepe i proporcionalne, bile dostojne zamka, Mansarovog dela, po kojem je užareno sunce rasipalo svoj pobednički sjaj. Čuvar je, stari Englez koji je dosta dobro govorio francuski, s ljubaznošću savršenog sluge sačekao posetioce na ulazu. Potvrdno je odgovorio na Lorencovo pitanje: „Može li se posetiti zamak?“; potom je mladića i njegove saputnice uveo u hol savršene lepote, sa stubovima od ružičastog mermera i tavanicom koju je oslikao Lebren.

U tom trenutku začu se brujanje nekog automobila.

Lorenco nestrpljivo reče:

– Siguran sam da su i to posetioci!

Englez se okrenuo ka njemu i kao da ga je upitno pogledao. Mladić slegnu ramenima, rekavši:

– E, da, ne možete da ih ne primite! Ne možemo se praviti da samo mi imamo privilegiju da obiđemo ovo zdanje.

Elen promrmlja:

– Kakva šteta!

Lorenco joj uputi veseo osmeh.

– Doći ćemo mi ponovo, Lenik, a onda ćemo se postarati da izbegnemo neprijatnosti.

Nedugo zatim, na pragu se pojavi četvoro znatiželjnika: Kamij Tremon, još jedna mlada, veoma elegantna dama, krupan zajapuren muškarac koji je brisao čelo i mladić obučen po poslednjoj modi, koji se, kako je ušao, zapiljio u Elen.

Kamij nije mogla da prikrije izvesno iznenađenje pri pogledu na Lorenca. Jedva primetno je i s visoka klimnula glavom u odgovor na mladićev i Elenin pozdrav. Potom je prišla gospođici Amber, rekavši uz usiljen osmeh:

– Draga gospođice, zaista nisam očekivala da ću imati zadovoljstvo ovde da vas sretnem.

– Gospodin Damplem me je doveo u obilazak i mislim da se neću pokajati.

– O, ne, zaista! Dozvolite da vas upoznam sa svojim prijateljima: gospodin Kornimar iz Konjaka, i njegova deca: gospođa Diroše i gospodin Gistav Kornimar.

Gospođica Amber je neznancima predstavila svoje pratioce, te nakratko razmeniše pozdrave.

Gistav, mršav i bled dugajlija povećeg nosa, odmerio je Lorenca, pa pažnju usredsredio na Elen. Gospođa Diroše, plavokosa farbane kose, promrmlja prijateljici na uvo:

– Ovaj gospodin Damplem bio bi veoma pristao momak da je bolje obučen. Čime se bavi? Zašto je tako loše odeven?

Kamij šapatom odvrati:

– Zato što pas nema za šta da ga ujede, on ti je jedan nesrećnik i ništarija.

– S tako pametnim očima? Nemoguće. Retko mi se pružala prilika da vidim čoveka tako naočitog, tako otmenog držanja!

Kamij se zajedljivo nasmeja:

– Već si zaljubljena u njega, Polin? Pa dobro, ponudi mu svoju ruku i svoj imetak. Budi sigurna da to blago neće odbiti!

– Ako je siromašan, bez položaja... ne mogu. Ali zaista je šteta, jer mi se mnogo sviđa.

Kamij pomisli: *Nisi jedina u tome*, ali tu misao zadrža za sebe.

Obilazak je počeo. Najpre su prošli kroz odaje ukrašene *Gobleno- vim* tapiserijama i onima iz Bovea, drvenim panelima u duborezu, tavanicama sa slikama majstora iz XVII i XVIII veka. Čuvar je mrmljao objašnjenja na koja niko nije obraćao pažnju. Dve grupe se nisu mešale. Lorenco je u po glasa pokazivao gospođici Amber i Elen najzanimljivije delove dekoracije, starinskog autentičnog nameštaja.

Činilo se da se zaista razume, te je gospođici Madlen, koja je to zapazila, odvratio:

– Mnogo sam čitao, naročito o umetnosti, koja me izuzetno zanima.

Elenino izražajno lice otkrivalo je da sve posmatra s pažnjom i izvesnim čuđenjem. Lorenco nije odvajao pogled od tog ljupkog, rumenog lišća u senci starog crnog šešira. Uživanje u lepotama Aršansija nije pak do te mere obuzelo Kamij i njenu prijateljicu da ne bi primetile pažnju koju Lorenco poklanja devojci, ma koliko ta pažnja bila obzirna.

Gospođa Diroše tiho prozbori:

– Verujem da je lepi siromašak već poklonio svoje srce! Zaista, devojka je veoma lepa... Ne može se poreći. Naravno, i ona je bez igde ičega. Njena odeća to jasno pokazuje.

– Ima neki mali prihod... Tek da se ne kaže da nema ništa. Ali gospodin Damplem svakako ne može razmišljati o braku u svom položaju. Udvara joj se da mu prođe vreme i to je sve.

S tim rečima Kamij se okrenula praveći se da posmatra neki sto sa intarzijom, dok je ispod oka smrknuto pogledavala lep par, koji je zastao ispred jedne tapiserije, a Lorenco objašnjavao rođaki njene mitološke motive.

Vratili su se u hol kako bi se popeli na sprat veličanstvenim stepeništem od belog mermera. U prizemlju je novi vlasnik napravio malo izmena, ali na spratovima su promene bile primetne, na šta je čuvar skrenuo pažnju posetiocima.

Kamij upita:

– Hoće li se gospodin Treveston uskoro preseliti ovamo?

Englez lakonski odvrati: – Ne znam, gospođice.

Zatim otvori neka vrata, objavivši:

– Ovde je malo nered. Juče su bili tapetari, a sutra ponovo dolaze.

Posetioce uđoše u mali salon u kojem su skinuti svi zastori, kao i u spavaćoj sobi koja se nazirala iza širom otvorenih vrata. Te odaje s nameštajem iz XVIII veka i velikim francuskim prozorima, izlazile su na terasu s koje se pružao pogled na francuske vrtove i park što se iza njih pružao.

Kamij uzviknu:

– Kakve divne sobe! Ovaj nameštaj je čaroban!

– Čaroban! – ponovi gospođa Diroše. – Odaje su očigledno namenjene nekoj dami.

S tim rečima se okrenu ka Englezu, pa upita:

– Vaš gospodar je oženjen?

– Nije, gospođo.

Blesak sevnu u očima Kamij Tremon, koja živahno upita:

– Možda veren?

– Ja... Ne znam.

Pošto je odgovorio, čuvar zbunjeno pogleda ka predivnom kaminu od belog mermera. Lorenco je stajao naslonjen na masku, čkiljeći, pa gledao čas u Kamij, čas u Elen. Dve devojke su u tom trenutku stajale jedna pored druge, jednostavan crni haljetak gospođice Surber koji je sašila godinu dana ranije dodirivao je Kamijinu haljinu od bledozelenog svilenog tila, kreaciju jedne velike modne kuće iz Bordoa. Nametalo se poređenje između te dve lepotice, međusobno tako različite: jedna je bila sva nežna i gracilna, unosila je svežinu svojom pojavom i dobrotom; druga je bila sva izveštačena, bez ičeg autentičnog i bez imalo uzdržanosti, važno joj je bilo samo da bude primećena.

Na čuvarev odgovor gospođica Tremon načini netrpeljiv pokret; potom uđe u susednu sobu, s divljenjem i zavišću prelete pogledom ka njoj, pa priđe stočiću pokraj prozora.

– Pogledaj! Uzorci, po svoj prilici za zastore! To znači da će gospodin Treveston uskoro doći.

I ostali uđoše za njom. Gospođa Diroše i sama priđe stočiću, uze u ruku uzorke, pa ih znalački pogleda.

– Kakve divne tkanine! Ova zlatnožuta je za mali salon... Ova bela na ružičaste pruge za sobu... Šta kažeš, Kamij?

– Ne, meni se više sviđa ova – pa pokaza na veoma fini ljubičasti brokat.

Lorenco im je prišao. Gledao je dve prijateljice i kao da je proučavao njihov izraz lica, naročito lice lepe Kamij, koje je otkrivalo pohlepu. Usne namazane crvenim ružem podrhtavale su, bele ruke kao da su željno milovale raskošne tkanine.

Lorenco pogleda Elen: blago nakrivljene glave, zadivljeno je posmatrala skupocenu svilu; ali pronicljivijem posmatraču ne bi promaklo da u njenom pogledu nije bilo ni trunke zavisti.

Lorenco šaljivo reče:

– Dobro, Elen, zašto i ti ne kažeš svoje mišljenje, kao ove dame? Hajde, šta bi ti izabrala za ove dve sobe?

Svi pogledi se okrenuše ka devojci. Ona malo porumene, pokušavši da izbegne odgovor:

– Nimalo se ne razumem i ne znam...

– Ma daj, siguran sam da imaš veoma istančan ukus. Hajde, izaberi kao da stvarno biraš.

Kamij se zasmejulji, prezrivo pogledavši Eleninu skromnu haljinu. Ali njen pogled tad susretnu Lorencov, ironičan, strog, despotski. Ponovo je osetila neodoljivu privlačnost tih očiju koje su je proganjale još otkako je upoznala Lorenca kod Monsoovih.

Elen je, nagnuta nad stočićem, proučavala uzorke. Ruke u rukavicama od crnog konca dodirivale su svilu svetlucavih boja. Na kraju je rekla:

– Čini mi se da bi u salonu vrlo lepo izgledala ova bledožuta protkana srebrnim... I ova zagasitoplava za sobu.

– Bravo, Elen! Savršen izbor. Ti prefinjeni tonovi, malo prigušeni, odlično se slažu sa starinskim nameštajem. Da. Zbilja savršen izbor.

I on je uzeo uzorke da ih prouči. Sa osmehom je dodao, gledajući u Elen:

– Ove boje bi veoma lepo pristajale tamnokosoj kao što si ti.

Kamij se grubo umeša:

– Dobro, nastavljamo obilazak?

Neizlečivo koketna i sujetna, srebroljubiva, mrzela je sve žene koje su u lepoti i eleganciji mogle da se nose s njom. Elen je, tako obdarena ovim prvim, odmah označena kao njen neprijatelj, utoliko pre što joj je Lorenco ukazivao mnogo pažnje. Gospođica Tremon je terala sebe da prezire tog „pustolova“, ali zapravo je bila opčinjena i nadala se da će joj se on udvarati, uprkos njegovoj skromnoj odeći, jer je i njoj izgledao daleko, daleko privlačnije od oholog i bezličnog Gistava Kornimara.

Čuvar je pokazao posetiocima obližnje odaje, jednostavnije uređene, i objasnio da su to „gospodinove sobe“. Iza nekih vrata se čulo grebuckanje i kevtanje.

Gospođica Amber upita:

– Je li to neki pas tamo zatvoren?

– Jeste, gospođo.

Gospođa Diroše uzviknu:

– Jadna životinja, treba je osloboditi!

Uobičajeno nehajno, pre nego što je čuvar stigao da se pokrene, prišla je vratima i otvorila ih.

Predivan ruski hrt uleteo je u sobu i ustremio se na Lorenca. Ispravio se na zadnje šape kako bi prednje stavio mladiću na ramena, ali on se izmaknu, očigledno iznerviram:

– Pozovite odmah ovog psa! Odvedite ga!

Zamuckujući i izvinjavajući se, čuvar dotrča, uhvati psa za ogrlicu pa ga odvede u susednu sobu i brižljivo zatvori vrata.

Gospođa Diroše upita:

– Ne volite pse, gospodine?

– Kako kad, gospođo. A oni mene, kao što ste videli, vole i previše.

– Zaista, među svima nama, taj je bez razmišljanja izabrao vas za predmet svoje naklonosti. Baš lepa životinja! Pripada gospodinu Trevestonu?

Čuvar odgovori posle kraćeg oklevanja:

– Da, gospođo.

– Potom izađe pomalo užurbano ne bi li nastavio obilazak koji se bližio kraju.

Gospođa Diroše šapnu prijateljici:

– Tešku narav ima ovaj lepotan! Jesi li primetila kojim tonom se obratio Englezu? Iako ne bih rekla da je imao razloga baš toliko da se ražesti!

Kamij kao da je nije čula. Pogledom je pratila Lorenca, koji je saginjao glavu kako bi nešto rekao Elen.

Dok su silazili niz mermerne stepenice, gospodin Kornimar je, brišući čelo – što je radio tokom celog obilaska – izjavio:

– Ja ću vas čekati na prilazu dok budete obilazili vrtove. Zaista je pretoplo!

Čuvar je malo zaostao s Lorencom, koji mu je nešto tiho govorio.

Potom je prišao ostalima, rekavši:

– Da li bi dame i gospoda izvoleli da pogledaju garaže i konjušnice? Gistav uzviknu:

– Da, da! Naročito ako tamo ima nečeg.

– Sve je popunjeno, gospodine.

Novi gospodar Ašansija zacelo je bio čovek prefinjenog ukusa. Njegovi konji za jahanje zadovoljili bi i najveće poznavaoce; njegovi automobili bili su vrhunac udobnosti i elegancije. Jedan od njih naročito je privukao pažnju gospođici Tremon i njenoj prijateljici: prefinjeni detalji otkrivali su da je namenjen nekoj ženi.

– Nema sumnje da ima verenicu! – promrmlja gospođa Diroše.

Kamij primeti:

– Ovaj auto je možda namenjen njegovoj majci ili sestri.

U tom trenutku je bila blizu Lorenca, koji je na sebi osetio njen pogled. Prišao joj je i upitao je:

– Onda, gospođice, obilazak Aršansija nije vas razočarao?

– O, nimalo! Kakvo divno zdanje!

– Mislite da je žena kojoj je suđeno da postane gospodarica zamka prava srećnica?

– Naravno! Najveća na svetu!

– Bogatstvo i luksuz su za vas, dakle, jedina dobra koja vredi posedovati?

U tom trenutku su izlazili iz garaže, prateći ostale, koji su pošli ka vrtovima. Kamij odlučno uzvrati:

– E, da! Ostalo je, po mom mišljenju, manje važno.

– Onda, između bogatstva bez ljubavi i ljubavi bez bogatstva, šta biste vi izabrali?

– Ovo prvo, bez oklevanja.

Lorenco nastavi istim podsmešljivim tonom.

– Evo jednog iskrenog priznanja! Dakle, oni jadni smrtnici kojima je njegovo gospodstvo Izobilje uskratilo svoje usluge, obavešteni su da ste im vi nedostižni i da vi, čak i kad bi vam ukrali srce, nikad ne biste popustili pred osećanjem koje nije vođeno interesom?

I ona se nasmejala, nervozno, stidljivo, gledajući Lorenca s nesigurnom koketerijom.

– Ne, nikad, nikad! Meni treba luksuz, treba mi razonoda, udoban život, mondensko okruženje. Ljubav je samo epizoda u životu. Ne treba joj pridavati prevelik značaj.

Prolazili su između negovanih leja koje je dizajnirao Le Notr.[2] Ali Kamij je rasejano razgledala. Usporila je korak i uskoro su ona i Lorenco zaostajali za drugima. Ćutke su hodali. Kamij je vrlo pažljivo ispod oka posmatrala Lorenca. Mladić je gledao pravo preda se, to jest u pravcu kojim se kretala Elenina ljupka figura. Gospođicu Tremon obuze gnev. Potom graciozim pokretom spusti ruku na nadlanicu svog sagovornika.

– Umorila sam se od obilaska zamka. Rado bih načas sela na ovu klupu u hladu.

– Ništa lakše, kasnije ćemo se pridružiti ostalima.

Blesak pobede sinu u Kamijinom pogledu. Lorenco je vrlo revnosno igrao njenu malu igru. Seo je s njom u senku jedne magnolije čiji su cvetovi širili opojni miomiris. Gospođica Tremon upita:

– Šta ste radili u Africi? Pričajte mi, mnogo me zanima.

---

[2] Misli se na čuvenog francuskog pejzažnog arhitektu Andrea le Notra (André Le Nôtre, 1613–1700), glavnog baštovana Luja XIV i dizajnera vrtova Versajske palate. (Prim. prev.)

– O, ne verujem da vas to zanima! Osim toga, ne volim da pričam o sebi.

Ona se nasmeja, pogledavši ga s provokativnom koketerijom.

– Previše ste skromni. Ali o čemu ćemo onda pričati?

– Ispričajte mi neke pikanterije o Trejaku.

Tu je bila na svom terenu. Znala je sve sitne skandale u varoši, sve banalne tračeve, manje-više klevetničke. Živahna, briljantna, ispričala ih je Lorencu prateći ih ne baš saosećajnim komentarima.

On je slušao sa ironičnim osmehom, suprotstavljajući njenom poletu izvesno nadmeno podozrenje koje je samo još više podsticalo lepu Kamij, već potpuno potčinjenu privlačnosti tih crnih, pomalo sarkastičnih očiju, iako je ona u njima videla samo zagonetku koja ih je činila još privlačnijim.

Posle nekog vremena Lorenco primeti:

– Mislim da je vreme da se vratimo u zamak.

– O, čemu žurba! Ovde je tako lepo!

– Naravno. Ali ne bih da gospođica Amber i moja rođaka čekaju.

Ustao je, a Kamij je ostala da sedi, stežući u ruci list magnolije koji joj je pao u krilo. Naslonjena na klupi, gledala je u Lorenca sa čeznutljivom nežnošću.

Jedva čujno se zasmejulji, pokazavši pritom lepe blistave zube, pa izjavi:

– Gospođica Surber vas neće grditi ako malo zakasnite. Sigurno je dobra devojčica, oduševljena svojim rođakom.

On odvrati odlučno i sarkastično:

– Elen nije devojčica već najmilija devojka koju sam upoznao, čarobna jedinstvena duša neupitne fizičke lepote.

Kamij se ujede za usnu, pa zajedljivo reče:

– Ah, reklo bi se da joj se zaista divite. Kakvi vatreni hvalospevi.

– I dalje su daleko ispod onog što mislim o Elen, gospođice.

– To znači da ne možete da cenite i... neku drugu vrstu lepote?

Gledala ga je u oči s provokativnom smelošću. Odgovorio joj je vrlo smireno, s pomalo podrugljivim osmehom:

– Da pripadam svetu naviknutom na svakodnevne igrarije, uzvratio bih vam nekim komplimentom, rečima koje bi vam prijale. Ali ja sam samo siromašak pristigao iz Afrike, grubi i divlji pustolov nedorastao igrarijama velikog sveta. Stoga ću vam odgovoriti da postoji određen tip lepote koji je meni krajnje nerazumljiv.

Kamij je na trenutak delovala pometeno. Onda se nasmeja, glasno i usiljeno.

– Da, zaista ste iskreni! A može li se znati razlog tog... nerazumevanja?

I ona je ustala s klupe dok je postavljala to pitanje nadmenim, bezmalo agresivnim tonom.

– Vrlo ste radoznali, gospođice! A što bi vas zanimalo mišljenje jedne ništarije poput mene? Što bi vas zanimala činjenica da on iznad svega ceni prirodnost, jednostavnost, tananost duše koja se ispoljava pristojnošću i uzdržanošću? Da, zaista, što je sve to važno gospođici Kamij Tremon, koja ima toliko obožavalaca i dobija mnogo pažnje?

– U stvari, u pravu ste što zaključujete da sam ravnodušna prema mišljenju nekih ljudi!

Glas joj je podrhtavao od besa. S prezirom odmeravajući onog koji joj je održao predavanje, gospođica Tremon je dodala, pokušavši da bude ironična:

– Da, vidi se da dolazite iz divljine, gospodine Damplem. Treba vi još mnogo toga da naučite da biste postali svetski čovek.

S tim rečima okrenula mu je leđa i zaputila se ka zamku.

Blesak nezadržive radosti zasija u Lorencovim očima dok je i sâm pešačio ka zamku, prateći iz daljine lepu Kamij, koja je nesigurno hodala na visokim potpeticama, praveći sitne ljutite korake.

– Uskoro će zažaliti zbog mnogih reči koje je danas izgovorila – promrmljao je.

Kad je stigla u glavno dvorište, gospođica Tremon naišla je na ostale posetioce koji su i dalje bili u društvu čuvara. Gospođica Amber je upita:

– Gde je gospodin Damplem?

Kamij nehajno odvrati:

– Ne znam, gospođice. Možda se izgubio u vrtovima.

Ali Lorenco se uto pojavi i veselo upita gospođicu Amber i Elen:

– Niste se previše umorile?

– Ja jesam, ali Elen je tako ushićena da i ne oseća umor.

Lorenco sa osmehom pogleda devojčino ljupko lice zajapureno od vrućine. Njene plave oči tog dana su zračile nekim toplijim, živahnijim sjajem.

– Sviđa ti se kuća, Elen? Volela bi tu da živiš?

Ona se veselo nasmeja.

– A, ne! Previše je lepa, previše raskošna. Gledam na nju kao na jednu predivnu umetničku kreaciju, bez ikakve želje da posedujem te lepote. Meni treba mnogo manje da bih bila zadovoljna!

On joj na to tiho reče, gledajući je s blagonaklonim zadovoljstvom:

– Zato što si razborita, Lenik.

Kornimarovi su se okupili malo dalje, pored svog auta. Gospođa Diroše je sa ogledalcem u ruci popravljala šminku. Kamij je otvorila torbicu spremajući se da uradi isto.

Gospodin Kornimar je, osvežavajući se na hladovitom prilazu, posmatrao pročelje zamka uzvikujući:

– Čarobno! Čarobno!

Gospođa Diroše reče:

– Znaš, oče, mnogo si propustio što nisi video konjušnice. Ima predivnih konja. A tek automobila! Tvoj bi se pored njih obrukao.

– A, zbilja? Rado bih pogledao.

Onda se obrati čuvaru:

– Vaš gazda je dobar jahač?

Englez, koji je stajao pored automobila, gledajući ih kao da se pita: „Hoće li ovi već jednom otići?“, lakonski odvrati:

– Jeste, gospodine.

– I verovatno ide u lov. Kažu mi da na ovim imanjima ima dosta divljači.

– Ajde, oče, požuri! – doviknu mu Gistav, koji je već seo za volan. – U pet moramo biti kod gospođe Tremon, koja nas čeka na čaju.

Dve grupe razmeniše pozdrave. Kamij priđe da se rukuje s gospođicom Amber, drsko i jedva primetno klimnu glavom Elen, pa se napravi da ne vidi Lorenca, kojem gospođa Diroše, međutim, uputi ljubak osmeh. Potom se dame i gospodin Kornimar smestiše u auto, pa krenuše i ubrzo se udaljiše, prošavši pored šklopocije koja je trebalo da vrati u varoš Lorenca i njegove saputnice.

Gistav Kornimar prezrivo je primetio:

– Ta krntija je u skladu sa odećom gospodina Damplema. A najbolje je što je pun sebe kao da je neki veliki gospodin! Da umreš od smeha!

Kamij, koja je sedela napred pored njega, ne reče ništa na tu opasku. Stisnutih usana, natuštenih obrva, prežvakavala je svoj gnev i pokušavala da smisli kako da se osveti za poniženje kojem je bila izložena.

7.

Lorenco je odlučio da na povratku svrate kod Arijevih kako bi ih upoznao sa Elen.

Nepokretni čovek i njegova porodica živeli su na ulazu u grad, u oronulom, napola srušenom kućerku, s parčetom zemlje ograđenim zidom.

Tu zemlju je obrađivala gospođa Ari, međutim, otkako je obnovio prijateljstvo sa svojim drugom iz detinjstva, Lorenco je skoro svaki dan dolazio da kopa, okopava i zaliva, želeći malo da rastereti tu hrabru ženu, koja je, posle malo negodovanja, rado prihvatila tu prijateljsku pomoć.

– Zaista bi bila sramota da ja sa svojom fizičkom snagom i trenutno bez ikakvih obaveza, dopustim da obavljate taj posao na koji niste navikli! – govorio je Lorenco. – Ne mogu vam ponuditi drugu pomoć do ovu, ali činim to drage volje, bez prenemaganja. Zato prihvatite i... da više ne pričamo o tome.

Arijevi su bili zahvalni ljudi, a Elen je, kad ju je gospođa Ari izvela da joj pokaže lepo održavanu baštic u, čula dirljive pohvale na račun svog rođaka, tako dobrog, tako obzirnog, „jednom rečju, pravog prijatelja“.

– Žorž se ohrabri kad ga ugleda i zna da može da računa na njega – dodala je gospođa. – I deca ga mnogo vole!

Elen sa žarom potvrdi:

– O, da, tako je dobar... Mnogo! I ja to znam.

U jednoj od dve sobe od kojih se kuća sastojala, gospodin Ari je precrtavao planove za nekog industrijalca iz regije. Prekinuo je posao kako bi dočekao prijatelje i trudio se da deluje veselo. Ali videlo se da je zabrinut i bio je bleđi no inače.

Elen su dočekali s prijateljskom srdačnošću. Lorenco im je pričao da devojka nije srećna, a ti siromasi su joj, i sami pogođeni nedaćama, ponudili ono šta su imali: svoje prijateljstvo.

Dok su se devojčice igrale ispred samih ulaznih vrata kako bi ih majka nadzirala, Lorenco je podigao šestogodišnjeg Žozefa, njihovo najstarije dete, koji je iz njegovog naručja radoznalo posmatrao Elen. Potom se okrenuo ka mladiću i ozbiljno mu rekao:

– Lepa je gospođica, draga mi je.

– Koliko i ja, Žožo?

– Još ne, vas duže poznajem.

Nasmejan i nežan, dečak se naslonio Lorencu na grudi. Ovaj je, milujući mu previše blede obraze, upitao:

– Jesi li bio dobar danas na času čitanja, Žožo?

– Da, mnogo dobar. Mama mi je dala plus. Jel' znate da ih već imam osam?

– Sjajno! Kad budeš stigao do dvadeset, dobićeš poklon. Hajde, kaži mi šta bi voleo.

Dečak je oklevao, pa uzdahnuo, ništa ne rekavši.

– Hajde, reci, šta bi voleo.

Žozef promrmlja:

– Mnogo je skupo.

– Šta to?

– Konj veliki kao onaj u prodavnici u Novoj ulici.

– Konj? Od kartona?

– Nije od kartona, ima pravu kožu. Ali je mnogo skup.

Žozef ponovo odmahnu glavom.

– Moj novčanik u ovom trenutku nije dovoljno popunjen. Videćemo da ti udovoljimo nečim drugim, mališa. A kad postanem bogat, obećavam da ću ti pokloniti jednog, ali pravog konja, od krvi i mesa.

Žozef razrogači oči, zapanjen.

– Pravog konja? Da bude samo moj?

– Tako je, da bude samo tvoj. Jedno lepo konjče, ne više od krupnog psa.

– O, gospodine, kažite mi, kad ćete postati bogati?

Lorenco se nasmeja, cupkajući dečaka na kolenima.

– Ne tako brzo, dušo. Zasad ćeš morati da se zadovoljiš ovim konjićem.

Žorž ga upita:

– Još se ništa ne zna u vezi sa onim mestom koje si imao na umu?

Lorenco odgovori odrečno, ne rekavši ništa više na tu temu. Čak i svojim prijateljima je, kao i ostalima, malo govorio o svojoj prošlosti, o vremenu koje je proteklo od njegovog odlaska do povratka u Trejak i o svojoj budućnosti, planovima. Žorža je to čudilo i tu i tamo bi mu se javila sumnja. Postoji li neka mrlja na njegovoj prošlosti? Ili je taj krupni, vispreni čovek, energične pojave i lepog vaspitanja, običan lenjivac kojem se ne radi, koji nije voljan da nađe posao kako bi mogao da se izdržava?

Ali kad bi Lorenco došao, razvejao bi Žoržove sumnje. Osećao je samo bezgranično poverenje, duboku zahvalnost prema prijatelju koji se trudi da mu pomogne, da olakša teret njemu i njegovoj ženi.

Na pitanja svojih domaćina, gospođica Amber i Elen prepričale su utiske o obilasku Aršansija. Gospođica Madlen je dodala:

– Nažalost, zadovoljstvo nam je malo pokvarila gospođica Tremon sa svojim prijateljima, jer su stigli gotovo u isto vreme kad i mi. Kamij je zaista sve bestidnija! Nema sumnje da na taj način namerava da privuče nekog bogataša, o čemu odavno sanja. Da li će se zaista naći neka budala koja će upasti u njenu zamku?

Lorenco podrugljivo reče:

– Uvek će biti budala na svetu, gospođice, a žene kao što je gospođica Tremon ciljaju upravo na njih.

Gospođa Ari primeti:

– Lepa devojka. Kad bi promenila ponašanje...

– Da, i kad bi imala makar malo srca. Žao mi je što se moja sestra s njom sprijateljila, na osnovu ponašanja u kojem se na nju ugleda, jasno je da su bliske.

Nedugo zatim, posetioci su se oprostili s domaćinima. Žorž ih je ispratio do male kapije. Hodao je pomoću štapa, primetno šepajući. Žozef je držao Lorenca za ruku i gledao u oca. U jednom trenutku je tiho rekao:

– Gospodine, možete li malo da se sagnete? Moram nešto da vam kažem... Otac ne sme da čuje.

Lorenco se sagnu pa ga podignu u naručje.

– Šta je bilo, Žožo?

Primakavši lice Lorencovom uhu, dečak je prošaputao:

– Kad postanete bogati, umesto da mi date konja, dajte, molim vas, ocu kolica, jer se mnogo muči dok hoda.

Lorenco se nasmeja, pomalo ganut, pa privi dečaka na grudi.

– U redu, Žožo. Konja i kolica za tvog oca. Imaću to na umu, kako ne bih zaboravio kad dođe vreme.

Žozef zavrte glavom pa sumnjičavo reče:

– Ali ja ne verujem da ćete se vi obogatiti. Mnogo je to teško, kaže mama. I mi smo, znate, veoma siromašni.

Onda dodade, poverljivo i još tiše:

– Juče smo, uz pasulj, imali samo jedno parčence hleba, malo-malecko. Mama nije imala da plati pekaru.

Ovoga puta iskra ganutosti jasnije se videla u njegovim crnim očima. Lorenco je bez reči poljubio dečaka u bledi obraz, pa ga spustio na tlo. A njegov stisak ruke Žorža Arija bio je duži, srdačniji nego inače.

Te večeri, kad je Lorenco, prisetivši se obilaska zamka, pričao o dolasku gospođice Tremon i Kornimarovih, gospođa Damplem i Žanin nisu mogle da sakriju ljutnju. Kako to? Taj odrpanac s kojim dele prezime, sreo se sa elegantnom Kamij i njenim imućnim prijateljima! Taj Lorenco je zaista nepresušni izvor svakovrsnih neprijatnosti!

Nekoliko dana ranije, kad su pošle na čaj kod gospođe Tremon, prišao im je nasred ulice i produžio s njima, nehajno rekavši da ide na istu stranu. Žanin je grickala usne od gneva, gospođa Damplem se zabrinuto obazirala oko sebe, strahujući da će naići na nekog poznatog. Lorenco ih je, kao i obično sasvim opušten, dopratio do kuće gospođe i gospođice Tremon. U tom trenutku naišla je grupa elegantno odevenih ljudi, a majci i kćerki krv jurnu u lice kad su ih primetile.

Samo je dvoje njih odgovorilo na Lorencov pozdrav, dok su ga drugi odmeravali kao da kažu: „Ko je ovaj?"

Drugi put, bila je nedelja, Lorenco je bio toliko bezobziran da je seo u prvi red u crkvi, da svi vide njegovu dotrajalu odeću. A na izlasku je, bez stida i srama prošao pored grupice raspričanih dama među kojima su bile i gospođe Damplem, Lorio i Barbelije, pa ih pozdravio nehajno, bezmalo oholo.

On da se uzoholi! Ta ništarija! Da se čovek nasmeje!

Momak je bez teškoća naslućivao sve te maćehine i Žaninine misli. Povrh svega, činilo se da su mu one potpuno nevažne, štaviše, da se zabavlja izazivajući te sitne uvrede i poniženja koje je trpeo od rođaka i nekih starih prijatelja.

Emil Monso ga je, na primer, i dalje izbegavao. Želeći da se raspita kod beležnika Loanoa za testament svog oca, Lorenco je jednog popodneva otišao u njegovu kancelariju. Sekretar, lepuškast izveštačen momak, iznerviran što ga je jedan tako beznačajan klijent prekinuo u čitanju nekog zanimljivog štiva, odsečno je odgovorio da je gospodin Loano odsutan i da je tu samo njegov zet i naslednik, gospodin Monso.

– Pa dobro, najavite me njemu – reče Lorenco.

Pogođen tim zapovednim tonom, mladić polako ustade, pa ode u beležnikovu kancelariju da bi, kad je izašao, rekao:

– Gospodin Monso vas čeka.

Emil je, sav nadmen, hladno primio Lorenca. Izjavio je kako ne može da mu pruži traženu informaciju, ali će razgovarati s tastom koji će mu poslati odgovor. Potom, videvši da je njegov stari prijatelj, udobno zavaljen u naslonjači, naumio da nastavi razgovor, ustao je sa stolice, rekavši:

– U četiri imam sastanak s klijentom, tako da uskoro moram da krenem.

– A, sjajno, dragi prijatelju! Još ako je klijent neki bogataš, ne treba ga ostaviti da čeka, i to samo da bi ćaskao sa starim prijateljem.

– Da, reč je o dobrom klijentu. Doviđenja.

Emil se s tim rečima mlitavo rukovao s Lorencom, potom je s visoka dodao:

– Izvini što ti još nisam uzvratio posetu, ali stalno sam zauzet.

– O, uopšte nije važno! Nema potrebe da se izvinjavaš!

Lorencovo nehajno držanje i pomalo podrugljiv ton nisu se svideli njegovom nekadašnjem prijatelju; učinilo mu se da mu se ovaj podsmeva.

Veoma tašt, Emil nije mogao podneti tu pomisao. Zar je moguće da bi se Damplem usudio na tako nešto? Nema sumnje da se ponašao kao da nimalo nije svestan svoje inferiornosti. Nehajno je upadao ljudima u kuću kao da smatra da ima pravo da ga svi lepo prime, a kad bi neko pokušao da ga drži na distanci, zauzeo bi taj krajnje razdražujuć stav smirene ironije. Ali ne zvao se on Emil Monso ako ga prvom prilikom ne bude postavio na svoje mesto!

U međuvremenu se šetao ukrug, budući da mu je pomenuti sastanak poslužio samo kao izgovor da skrati Lorencovu posetu.

Monso otac je pak tog dana došao u posetu Lorencu. Bio je to dobar čovek i lično spreman da pokaže srdačnost prema sinovljevom starom drugu. Ali i on je bio pod izvesnim uticajem žene i kćerke, čija taština nije mogla podneti da se on sprijatelji s tim „Afrikancem", koji se očigledno vratio siromašan kao crkveni miš, budući da je njegova maćeha tvrdila kako momak poseduje samo ono nužno kad je reč o rublju i odeći. Kako bi mu stavile do znanja da ne žele njegovu ponovnu posetu, dve dame bi mu jedva otpozdravile kad bi ga srele na ulici.

– A, dobar dan, dobar dan, dečko!

Lorenco bi se tad nasmejao u sebi, uz iskru sarkazma u pogledu.

8.

Jednog jutra za doručkom, Žanin objavi:

– Izgleda da je stigao gospodar Aršansija.

Gospođa Damplem, koja je imala umorno lice žene iznurene nesanicom, trgla se iz razmišljanja, pa znatiželjno upitala:

– A, zaista? Sâm?

– Ne znam. Priča se da je kupio još neka imanja u kraju... Između ostalog i Mlin, gde misli da pokrene odgajivačnicu čistokrvnih konja.

– Pobogu! Taj Englez će zagospodariti celom regijom! Gospođici Tremon bi bolje bilo da odmah krene u osvajanje tog Kreza! – podsmešljivo će Lorenco.

– O, nema sumnje da hoće. Kamij je veoma samouverena, uprkos dosadašnjim neuspesima u pokušajima da ulovi bogatog muža. Ali verujem da će na kraju morati da se zadovolji debelim Šerveom. On je jedini koji nudi bogatstvo kakvo bi nju zadovoljilo. Naravno, nije baš laskava partija, ali s obzirom na prilike u kojima se nalazi, Kamij će morati da podnese neku žrtvu.

– Udaja za Šervea mi se čini kao prevelika žrtva, nijedna žena ne može osetiti poštovanje prema tom vulgarnom i umišljenom mladiću sumnjivog morala, iz diskreditovane porodice.

Žanin slegnu ramenima.

– O, pretpostavljam da Kamij ne mari mnogo za poštovanje, pod uslovom da taj ima mnogo novca.

– Predivno osećanje! To upotpunjuje ionako dobro mišljenje koje sam imao o njoj.

Žanin odvrati pomalo oštro:

– Svakako je ne poznaješ dovoljno da bi je osuđivao.

– I ovo malo mi je dovoljno, budući da sam već imao zadovoljstvo da se uverim u njenu taštinu, njene ambiciozne ciljeve, njenu neizlečivu ljubav prema luksuzu i potpunu lišenost bilo kakvih moralnih načela. Da, uveravam te da je poznajem sasvim dovoljno da bih mogao da je osuđujem.

– Verujem da se i te kako zavaravaš kad je reč o tvojoj sposobnosti opažanja. Kamij se sviđa ljudima. Ona je žena čija pojava vređa ljude starog kova, ali ostalima se mnogo sviđa.

– Blago njima! Mada bih rekao da pretendenti na njenu ruku ne misle tako, budući da se gospođica mora zadovoljiti Šerveom.

– Da je imućna...

– Da, uzeli bi je zbog njenog bogatstva. Felikse, dodaj Elen taj oval. Već sam ti rekao da ne smeš da se služiš pre nje.

Feliks je načas oklevao pre nego što je poslušao. Uvek je nerado pristajao da posluša, mada se nije usuđivao da se odupre tom strogom pogledu jer je u starijem bratu naslućivao nepobedivu snagu.

Iz straha od konačnog okršaja s Lorencom, gospođa Damplem nije otvoreno podržavala sina; ipak, kasnije je pred dečakom davala oduška svojim jetkim prebacivanjima vlasniku kuće, tom „mrskom pustolovu", pitajući se kako se usuđuje tako da se ponaša. Tako je u Feliksovoj duši klijala ozleđenost koju je licemerno prikrivao pred bratom.

Jednog popodneva Lorenco se zatekao kod gospođice Amber, gde je Elen već sedela s ručnim radom. Dve žene su se smestile u hlad ispod kestena. Elen se osmehnula kad je primetila rođaka, u njenim lepim očima sevnula je iskra radosti. Lorenco je poljubio ruku gospođici Madlen sa onom svojom urođenom otmenom učtivošću koju je sačuvao i tokom neumoljivog pustolovnog života. Potom je seo pored nje, osmehujući se Elen.

– Uvek u poslu, moja vredna rođako. Šta to radiš?

– Šijem haljinicu maloj Mišlet Ari. Sirotica, sve su joj haljinice iznošene i zakrpljene. Gospođica Madlen mi je dala tkaninu i sad je šijem. Znaš li da gospođi Ari nije dobro?

– Pre neki dan mi je izgledala utučeno. Ta jadna žena se ubija od posla.

– Bez sumnje! – reče gospođica Amber. – Kad sam je sinoć videla, jedva je stajala na nogama i pokušavala je da sakrije slabost od muža. Smestila sam je u krevet gotovo na silu, rekavši joj da ću joj ujutru poslati nekog da pozavršava poslove. Još malo pa ću opet otići da joj odnesem malo namirnica. Ali treba biti vrlo taktičan, jer, iako s hrišćanskom poniznošću prihvataju svoj položaj, mnogo im je teško.

Obuzeta spontanim poletom, Elen reče:

– Bila bih presrećna kad bih mogla da pomognem gospođi Ari, brinući, na primer, o deci.

– Predložiću joj u vaše ime, kćeri draga.

– Otići ću ujutru kod njih – reče Lorenco. – Mogla bi da pođeš sa mnom, Elen.

Gospođica Amber se smrknu.

– Bilo bi bolje da pođe sa mnom.

Lorenco pomalo podrugljivo pogleda svoju staru prijateljicu.

– Da ne mislite, draga gospođice, da će se raskreketati žabe u Treja-ku, uvek u zasedi u svojoj baruštini, ako moja rođaka pođe sa mnom?

– O, sine, u našim malim varošima... I sâm dobro znaš...

Gospođici Madlen kao da je bilo neprijatno.

Lorenco to primeti, pa, znatiželjan, reče sebi da će je pitati šta je posredi.

No, sad je promenio temu veselo ispričavši kako je u dolasku sreo gospođu Lorio, koja jedva da je spustila svoj veličanstveni nos ne bi li odgovorila na njegov pozdrav. Gospođica Amber kroz smeh primeti:

– Bila je ovde. Da si stigao malo ranije, zatekao bi je.

– Baš vam hvala! Rado se odričem prilike da sretnem svoju dragu kumu, tako srdačnu prema svom sirotom kumčetu. Da nije došla da vam ponudi osnivanje nekog novog dobrotvornog društva, kako bi svojoj zbirci predsedničkih funkcija mogla da doda još jednu?

Elen se zasmejuli smehom kratkim i okrepljujućim, koji je prijatno odzvanjao u ušima mladog Lorenca, nenaviklog da je čuje kako se smeje.

Nasmeja se i gospođica Madlen, odgovorivši:

– E pa, pogodio si! Možeš li da zamisliš da su neke od tih dama smislile da se udruže u komitet koji će se starati o tkaninama za crkve-ne obrede. To je, posle smrti gospođe Tresinji, povereno jednoj finoj ženi, više dobrodušnoj nego sposobnoj. Nekad nam je bilo dovoljno da svaka donese neki svoj ručni rad, i niko nije ni pomišljao da bi za tako nešto trebalo birati predsednicu, blagajnicu, sekretara i tako redom. Rekla mi je, tonom kojim je pokušala da prikrije krajnji prezir pre-ma starim vremenima: „Hoćemo time ozbiljno da se bavimo." Kao da moja majka i ja nismo radile to ozbiljno dok smo brinule o tkaninama za obrede, i ne pomišljajući da se okitimo pompeznim titulama!

Slegnula je ramenima. U blagonaklonoj živahnosti njenih očiju bilo je izvesnog nestrpljenja. Lorenco se ponovo podrugljivo nasmeja.

– Drugačiji ste vi od gospođe Lorio, gospođice. Ona vam je rođena predsednica: to je njen poziv i mora ga obavljati po svaku cenu. Kakva bi to sreća za nju bila kad bi mogla da pokrene to novo dobročinstvo!

– Iskreno sam joj rekla svoje mišljenje o tome, što ju je mnogo uvredilo. Otišla je kao uvređena boginja. Zar ne, Elen?

– Upravo tako, gospođice. Oh, zaista nije delovala prijateljski ta ogromna žena!

Lorenco šaljivo reče:

– A ume da bude veoma ljubazna, bar na neki svoj način, kad njoj to odgovara. Onda je sva slatka, veruj mi.

– Stvarno? Nisam je takvu zamišljala!

– E pa videćeš, draga Elen... I tog dana ćeš se sjajno zabaviti!

Gledao je devojku osmehujući se, milujući je pogledom. Gospođica Amber je ostala zgranuta.

Potom je, gledajući Elen, primetila nežnost u pogledu devojčinih plavih očiju, koje su svaki čas skretale ka Lorencu. Prikrivajući ljutnju, nastavila je da priča, ali bez onog ranijeg poleta i nije zadržala Elen kad je, pola sata kasnije, devojka ustala da pođe. Videvši da se i Lorenco sprema da krene, reče mu: – Sačekaj još malo, sine; moram da popričam s tobom.

Mladić je tako ostao sâm sa svojom vremešnom prijateljicom, u vrtu u kojem su se već skupljale senke sumraka. Gospođica Amber je spustila pletivo na jedan sto, pa se prekrštenih ruku zagledala u Lorenca, koji je držao cvet otpao sa obližnjeg žbuna. Njegov lepi profil bio je obasjan poslednjim odblescima dana. Gospođica Madlen još jednom primeti izraz odlučnosti, muževne snage koja je izbijala iz tog lica, tog visokog glatkog čela uokvirenog mekom crnom kosom, osmotri njegove odlučne usne, oči koje su sagovornika uvek gledale u oči, smelo, sa izvesnom nadmenošću. Stara gospođica pomisli: *Zaista je čudno što jedan ovakav čovek nije uspeo da prokrči sebi put!*

Mačak se približi opreznim korakom, pa predući stade da se mazi o Lorencove noge. Mladić se sagnu, uze ga, spusti ga na kolena, pa stade rasejano da ga miluje. Potom, pomalo vragolasto gledajući gospođicu Amber, upita:

– Onda, gospođice, recite mi šta se priča o Elen i meni u našem starom dobrom Trejaku?

– Pogodio si o čemu želim da razgovaram s tobom. Da, od pre neki dan zli jezici mnogo pričaju o tebi i tvojoj rođaci.

– Zli jezici? Što znači, na prvom mestu, gospođa Lorio, Barbelijeovi...

– Da... I drugi.

– Gospođica Tremon, naravno.

– Upravo tako, rekli su mi da se baš okomila na tebe.

Lorenco se prezrivo osmehnu.

– Mogao sam da pretpostavim! Zavidi Elen na lepoti. Osim toga, održao sam joj kratko predavanje, previše strogo da bi se uzdržala od osvete. Ali to je potpuno nevažno, gospođice.

– Kako nevažno? Možda za tebe; ali Elenin ugled će trpeti zbog tih kleveta.

– Ne brinite, uskoro ću ućutkati te zmije. Pre svega tako što ću da objavim našu veridbu.

Gospođica Madlen se trgnu.

– Vašu veridbu? Šta to pričaš?

– O, još ništa nije odlučeno, ali nameravam ovih dana da razgovaram sa Elen, i nadam se da ću dobiti povoljan odgovor!

Gospođica Amber podignu ruke.

– Pa jesi li poludeo? Bez položaja, da se oženiš devojkom siromašnom kao što si ti!

– Položaj ću vrlo uskoro imati, biće mi dovoljan da mogu da izdržavam ženu, uveravam vas.

– U tom slučaju... Da, ako je tako, odobravam! Mislim da ćeš moći da je usrećiš.

On veselo odvrati:

– Upravo mi je to namera! Volim je od prvog dana, otkako sam je prvi put ugledao. Elen je čarobna... A u iskrenosti njenih lepih očiju naslućujem da su mi osećanja uzvraćena. Samo što ona još ne zna da ih nazove pravim imenom. Ali ja ću je uskoro naučiti.

Gospođica Madlen reče, pomalo uplašena:

– Sine moj, ne zaboravi da je tvoja rođaka jedna čista duša, veoma naivna. Budi obziran prema njoj kad budete razgovarali.

Lorenco se nagnu, pa uhvati za ruku staricu, smeškajući se.

– Bez brige, Lenik neće čuti od mene nijednu reč koju ne bih pred vama izgovorio. Imajte poverenja u mene, draga gospođice i verujte da bih celog života sebi prebacivao ako bih na bilo koji način uskratio poštovanje jednoj takvoj duši.

– Verujem ti, dragi moj. I ti si odana i plemenita duša, zato se iskreno nadam da će draga Elen biti srećna s tobom... I da će svojom dobrotom pročistiti tvoje srce od te želje za osvetom koja te često pokreće.

On zavrte glavom i dalje se smeškajući.

– Što se toga tiče, gospođice, mislim da nije loše malo kazniti sve te što tako lako okreću leđa ljudima od kojih ne mogu izvući nikakvu korist, te bednike koji se udaljavaju od poraženog, od unesrećenog, spremni, ako se takvima sutra osmehne sreća, da dopuze do njega. Jer, vi vrlo dobro znate da bi i to bili u stanju da urade.

– Nesumnjivo! Gospođa Damplem, Barbelijeovi, Monsoovi... gospođa Lorio, kao i drugi, pretpostavljam, svi bi oni bili tvoji prijatelji, dragi Lorenco, kad bi od danas do sutra postao bogat.

Gospođica Madlen se smejala, s naklonošću gledajući mladića.

Lorenco se sagnu da poljubi njenu nežnu izboranu ruku.

– Kad bi se to desilo, bar vi ne biste imali razloga da se menjate, uveravam vas. Draga moja, vi ste jedina osoba koja mi je pružila utehu i na tome sam vam beskrajno zahvalan. Bez vas bi mi ostali samo ravnodušnost prezir, podozrenje.

– Drago dete, nisam jedina! Gospođa Klementje, na primer...

– Da, da... Ali ne kao vi. Ona se duri što nisam udovoljio njenoj radoznalosti.

– Ali... Da budem iskrena, ti si zaista previše tajnovit kad je reč o tvom životu, dragi Lorenco... Čak i sa svojom starom prijateljicom.

Gledala ga je s blagonaklonim prekorom. On veselo odvrati, ustajući:

– Pa dobro, obećavam da ću vam sve ispričati... Za nekoliko dana, kad budem došao do presudnih saznanja o položaju koji treba da zauzmem. Sad vas ostavljam, gospođice. Recite Arijevima da ću sutra svratiti. Zaista je vreme da dođe kraj njihovim neprilikama.

– Avaj! Bojim se da je to vreme još daleko.

Lorenco dodade, napola ozbiljno, napola šaljivo:

– Kako, gospođice, vi takva hrišćanka, a ne verujete u Proviđenje? E pa dobro, ja sam čvrsto uveren da će oni uskoro biti nagrađeni za svoje junačko strpljenje, svoju tako duboku veru... Kao što sam uveren da će biti kažnjeni licemeri, sitne i tašte duše o kojima smo maločas razgovarali.

Kad je mladić otišao, gospođica Amber je dugo sedela zamišljena... Dnevno svetlo je iščezavalo, zadržavajući se u krošnjama starih stabala, na krovu kuće i mrljama ruševnog zida koji je okruživao vrt.

Vrlo neobičan mladić! Dobar je, odan, velikodušan... ali oseća se da želi osvetu. Strastven je, snažne volje, možda pomalo despot. Hoće li Elen zaista biti srećna s njim, s tim lepim, veoma zavodljivim Lorencom, koji će uvek privlačiti pažnju žena? Osim toga, kakva to tajna obavija godine njegovog progonstva?, pitala se.

9.

Sutradan, u vreme doručka, gospođa Damplem se iznenadila kad je ugledala pastorka kako za ruku drži lepog dečaka kovrdžave kose. Lorenco objasni:

– Gospođi se od jutros pogoršalo stanje, te sam doveo Žozefa da ga pričuvaš, Elen. Gospođica Amber je uzela devojčice, budući da će jadni Žorž imati dovoljno obaveza oko žene, čak i uz pomoć medicinske sestre koju će joj poslati gospođica Madlen.

– Šta joj je? – upitala je devojka, privukavši sebi Žozefa kako bi ga nežno poljubila.

– Lekar kojeg sam jutros pozvao misli da je reč o ozbiljnoj iscrpljenosti izazvanoj prevelikim naprezanjem i svakodnevnim brigama. Mislim da je u pravu. Toj jadnoj ženi treba odmor, jaka hrana... I pre svega, životna sigurnost, a ne da se svakog dana pita: „Kako ćemo živeti?"

Gospođa Damplem reče s prezrivim saosećanjem:

– Da, tužna je to sudbina, ali moglo je da bude bolje da su ostavili po strani ponos. Neke gospođe su želele da im pomognu, gospođa Lorio ih je posetila upravo s tom namerom. Ali primljena je tako hladno da je otišla vrlo uvređena, izjavivši da ti ponosni ljudi ne zaslužuju da se bavi njima.

– Zaista! Pravi je izvor milosrđa naša dobra gospođa Lorio! Nakon što je svojom bahatošću ponizila te nesrećnike, koji su zbog svoje nevolje postali preosetljivi, i pošto im je održala svoja uvredljiva predavanja bez takta i srca, još ih i muči neumoljivim osuđivanjem, prepušta ih sudbini i mržnji. Kakva divna i velikodušna žena!

Gospođa Damplem iznervirano pogleda pastorka.

– Gospođa Lorio je potpuno u pravu. Kad čovek ima posla s ljudima tako glupo ponosnim...

Lorenco je prekinu grubo i odsečno:

– Molim te da ne raspravljamo o tome, jer ne bih podneo da čujem uvrede na račun prijatelja koji su me prihvatili veoma blagonaklono, znajući pritom da ne mogu tražiti nikakvu pomoć od mene.

Gospođa Damplem se zajapurila od gneva i jedva se uzdržala da mu ne odbrusi. Da joj se obraća na taj način, tim tonom i s tim držanjem gazde! To je nečuveno!

Ipak, morala je da ćuti. Koliko se samo jeda nataložilo u njenoj duši zbog tog prokletog Lorenca!

Za trpezom su Žanin, Feliks i ona ignorisali Žozefa. On je, smešten između Elen i Lorenca, sedeo za stolom vrlo pristojno, ne progovarajući ni reč. Tu i tamo bi uplašeno pogledao lica tih neznanaca, onda bi podigao smiren pogled pun poverenja ka Elen i Lorencu, koji su se predano brinuli o njemu. Lorenco bi ga svaki čas pomilovao po smeđoj kosi ili bi ga prijateljski potapšao po bledom dečjem obrazu.

– Treba popuniti ove obraščiće! – rekao je u jednom trenutku. – Hajde, jedi, Žožo. Dodaj mi oval, Felikse, da mu dam još jedno parče mesa.

Gospođa Damplem ovog puta nije uspela da potisne očajanje.

– Skrećem ti pažnju, Lorenco, da je toga trebalo da nam ostane i za sutrašnji doručak i da treba spremiti nešto drugo ako nastaviš da daješ repete. Budući da ja nisam u prilici da hranim sve siromahe koje tebi padne na pamet da mi dovedeš...

Zastala je videvši prezriv i nemilosrdan pogled koji je prikovao za nju.

– Bez brige, ovo meso će ti biti plaćeno, kao i sve ono što će dečak pojesti dok bude pod mojim krovom. Ali nemoj da se iznenadiš ako ti jednog dana bude neprijatno kad se drugi prema tebi budu ponašali jednako grubo i prezrivo kako se ti sad ponašaš prema unesrećenima koji zaslužuju saosećanje i poštovanje.

Gospođa Damplem je imala utisak da iz reči njenog pastorka izbija izvesna pretnja koja ju je mnogo zabrinula, utoliko pre što su se njene novčane teškoće iz dana u dan pogoršavale. Poverioci su gubili strpljenje, ljudi koji su joj davali zajmove nisu više hteli da čuju za to. Ako je Lorenco bude primorao da napusti kuću, biće još gore. Siromaštvo je, dakle, pretilo njenoj deci, siromaštvo koje je toliko prezirala kod pastorka i Arijevih. Pomisao na to ispunila bi dubokom strepnjom njenu pustu, taštu i kukavnu dušu.

Zato je ućutkala Žanin čim je ova, pošto je posle ručka ostala sama s majkom i bratom, počela živopisnim izrazima da daje oduška svojoj ljutnji zbog Lorencove drskosti.

– Dobro znaš da smo prinuđeni da trpimo, jadno moje dete! Pogrešila sam što sam dozvolila sebi da mi se omakne ono negodovanje.

– Ali zašto? Moramo da hranimo to dete zato što se gospodinu sviđa da bude velikodušan? Ako hoće da ga drži ovde, onda se podrazumeva da će platiti!

– Upravo tako... Ali taj Lorenco je preosetljiv! Ponaša se jednostavno nepodnošljivo! A mi moramo da trpimo njegovu ćudljivost! Ah, samo mi je on još trebao na svu moju muku!

Feliks, koji nije mogao da proguta nedavnu podrugljivu Lorencovu opasku na račun njegovog kicoškog držanja, ljutito je progunđao:

– Neću da mi se više tako obraća! Neću više da ga slušam!

– Ali moramo, Felikse moj! Nemoj ga više uzrujavati... Štaviše... Pokušaj ponekad da budeš ljubazan....

Dečak slegnu ramenima pa odvrati:

– Da budem ljubazan? A šta je s njim? Ako od mene bude očekivao ljubaznost, načekaće se!

Sutradan ujutru gospođica Amber i Elen su, zajedno s malim Žozefom, otišle Arijevima. Zatekle su gospođu malo okrepljenu, ali još vrlo slabu. Obe su se dale na posao i pozavršavale poslove u kući, iako je gospođa negodovala.

Žorž im je ganuto pričao o dobroti i neizrecivoj blagonaklonosti koje je Lorenco pokazivao prema svojim prijateljima.

Mladić ih je primorao da prihvate novac, rekavši im da njemu kao neoženjenom čoveku ne treba mnogo i kako se nada da će kasnije moći da im pomogne na neki korisniji način.

– Dar siromaha još siromašnijem od njega – dodao je gospodin Ari. – Ah, dragi Lorenco je pravi prijatelj i uvek ćemo mu biti beskrajno zahvalni!

– Da, dobrodušan je, izuzetno dobrodušan! – sa žarom je rekla Elen.

Gospođica Amber ju je pogledala ganuto i pomalo vragolasto, pomislivši: *Zaista mislim da ova malena obožava našeg Lorenca i da on ne treba da strahuje od odbijanja.*

Dve žene su, ostavivši Arijeve, povele sa sobom Žozefa, koji je morao da provede još dva-tri dana sa Elen. Dok su izlazile iz kuće, ugledale su prelep automobil u prolazu, šofer i batler su nosili livreje boje burgunca. U autu je sedeo mladi, plavokosi muškarac otmenog držanja.

Elen kroz osmeh primeti:

– Da ovo nije Englez, gospodar Aršansija?

– Verovatno, budući da niko u okolini nema takav auto i takve livreje.

U Donjoj ulici Elen je ostavila gospođicu Amber na vratima njene kuće, zajedno sa Žozefom, koji je, po dogovoru, kod nje trebalo da doručkuje, pa je produžila ka kući. Na trgu je srela Lorenca, koji se takođe vraćao kući. Dok su pričali o oboleloj gospođi Ari, koju je Elen bila obišla, stigli su i do kuće, te je Lorenco otključao svojim ključem, ali kad se izmakao ne bi li je propustio da uđe, Feliks se pojavi na pragu, sav užurban, razmećući se kao paun u svojim belim lanenim pantalonama i nebeskoplavoj košulji, kojih majka, uprkos velikim novčanim teškoćama, nije imala hrabrosti da ga liši. Odgurnuo je Elen bez izvinjenja; ali jedna snažna ruka ščepala ga je za nadlakticu i zadržala, čvrsto ga stežući.

– Kakvo je to ponašanje? Kako se usuđuješ tako da se ponašaš prema rođaki?

Feliks drsko odvrati:

– O, pa Elen je nevažna!

– Zbilja? E pa sad ću ti pokazati da je važna, i te kako! – Odvukao je u predvorje dečaka, koji se opirao, pa rekao Elen:

– Zatvori vrata, molim te. Dobro. Sad se izvini svojoj rođaki.

Feliks se besno prodera:

– Nikad! A ti da si me pustio!

– Nikad? Videćemo. Naterao sam na poslušnost i malo gore od tebe. Upozoravam te da sam ozbiljan i da ćeš dobiti takvu lekciju da ćeš je pamtiti dok si živ. Pre nego što počnem, hoćeš li poslušati ili nećeš?

– Neću, neću! Pusti me!

Ali Lorenco ga, čvrsto ga držeći jednom rukom, ošamari posred desnog obraza.

Feliks ljutito vrisnu, gnevno se otimajući.

– Pusti ga! O, Lorenco, molim te...

– Potisni svoju osećajnost, Elen. Ovo je sjajan metod za kroćenje bahatih dečaka. Jesi li spreman da poslušaš, ili hoćeš još?

Feliks je uzalud pokušavao da se otme iz stiska te snažne grube ruke.

– Pusti me! – zamuckivao je. – Nemaš pravo! Pusti me!

– Nemam pravo? Pa dobro, kako god bilo, daću ga sebi. Evo, ovo ti je dokaz... Jel' ti dosta? Ne? Tebi nije teško udovoljiti, dečko. Kad ti bude dosta, poslušaćeš me. Jer budi siguran da ja neću popustiti.

Feliksa je verovatno to ubedilo, budući da je naposletku promuklo promucao:

– Izvini, Elen.

Lorenco ga tad pusti da ode, rekavši samo:

– Dobro! Sad možeš da ideš.

Feliks se pognute glave zaputi ka stepeništu, budući da mu se više nije izlazilo. Lorenco se okrenu ka rođaki koja je ukočeno stajala, sa zaprepašćenjem na licu.

– Tebe je lako uzrujati, devojčice osetljiva!

Ona odvrati prekorno, s pomalo uplašenim pogledom lepih plavih očiju:

– Kako si bio grub! Kako si ga ponizio!

– S Feliksom mora tako. Majka ga je toliko razmazila da je to smešno, napravila je od njega malog tupavca koji misli da mu je sve dozvoljeno. E pa, ne postoji ništa što je meni mrskije i zato želim da popravim tog dečaka, koji u dubini duše možda i nije loš.

– Bolje bi bilo pokušati na miran način, ubeđivanjem.

– Ne, mislim da je za takvu narav moj način bolji. Gospođa Damplem je vaspitala svoju decu po svojim načelima, što će reći da preziru slabost, siromaštvo, nesreću, da se klanjaju onima koji imaju moć i bogatstvo. Feliksu je, dakle, potrebno da ga ponize i ukrote, da u meni vidi gazdu. Veruj mi, Elen, kasnije će mu to mnogo koristiti. Osim toga, znaš, malena... to nisam ja izmislio. Tamo dole, s domorocima, to je bilo nužno. Na najmanji znak slabosti, raspustili bi se. Zato sam ih navikao na čvrstu ruku i kažnjavanje.

Elen promrmlja, i dalje preplašenog pogleda:

– Da, uradio si to hladnokrvno, potpuno vladajući sobom.

– Ja zapravo nisam nasilan. Održao sam mu lekciju ne u naletu besa, već savršeno mirno. Zato, Lenik, ne želim da ti vidim taj strah u očima, jer mogu pomisliti da me se plašiš.

Nagnuo se i uhvatio devojku za ruke; njegove su opet bile meke i nežne.

– Da, mala moja rođako, znam da budem strog, ponekad čak i grub, ali samo prema onima koji to zaslužuju; a imam veoma nežno srce i nadam se da ću to i dokazati onima koji su se prema meni poneli blagonaklono i prijateljski. Zato bi mi bilo žao kad bi me se ti plašila, Elen, mnogo bi mi bilo žao, veruj mi.

Crne oči, usplamtele i u isti mah nežne, netremice su, sa ustreptalom ljubavlju gledale devojku koju je taj pogled uznemirio.

Ona promuca:

– Ali, Lorenco, znam koliko si dobar... Prema meni... Prema Arijevima.

On joj na to tiho reče, nežno, ali bespogovorno:

– Dođi, treba da razgovaramo.

Devojka pođe s njim do kraja vrta, skoro do kućice s baštovanskim alatom. Zid je u to doba godine gotovo ceo bio obrastao ružama, belim i ružičastim. Lorenco i Elen sedoše na staru klupu uz polurazvaljena vrata. Ispred njih se pružala zapuštena leja u kojoj su se, u živopisnoj zbrci, mešali razbarušeni grmovi ribizli i ogrozda, zasadi jagoda, kineske ruže i razne travuljine. Gospođa Damplem nije imala baštovana, te je zapustila ceo taj deo bašte.

Lorenco je ponovo uhvatio rođaku za ruke. Ona je, zajapurena i obuzeta dotad joj nepoznatim nemirom, blago spustila pogled pred njegovim toplim, prikovanim za njene oči. Ali podigla ga je, odjednom se trgavši, kad je vrele usne spustio na njene drhtave prste.

– Elen, najdraža, imaš li dovoljno poverenja u mene da postaneš moja žena?

Na trenutak ga je ćutke pogledala, preplavljena uzbuđenjem i ganuta. Potom je promrmljala:

– O, Lorenco! Zaista to želiš?

– Naravno! Od prvog dana kad sam te upoznao, shvatio sam da si ti savršena žena za mene i zavoleo sam te, Elen... Iz dubine srca i duše!

Rumenilo na njenom lepom lišcu pojača se, a trepavice ponovo zakloniše uznemiren pogled.

– Draga rođako, kaži mi odmah da pristaješ. Kaži mi da te onaj strašni Lorenco ne plaši i da ćeš imati poverenja u njega. Kad bi znala, Elen, koliko želim da te usrećim! Kad bi znala kako bi blagotvorno mogla delovati na mene!

Podnevno sunce stiglo je do njih, okrznuvši Eleninu tamnu kosu i njenu jednostavnu haljinu, Lorencovo dotrajalo odelo. Muve su zujale u toplom vazduhu, koji su ruže, rezede i turski karanfili ispunjavali slatkastim miomirisima. Elen je treperila jednako od sreće i od zebnje dok je slušala kako je strastveno moli. U očima koje su joj ukrale srce od prvog trenutka videla je vatrenu želju za ljubavlju. A to otkriće ostavljalo ju je uznemirenom, uzdrhtalom, ali i neobično srećnom.

– Lenik moja draga, hoćeš li me usrećiti?

Ona promrmlja uz stidljiv osmeh:

– Nećeš me pustiti da razmislim?

– Ne, hoću da mi odmah pokloniš svoje poverenje. Da ne tražim previše?

Devojka spontano odvrati:

– Ne, zato što sam se mnogo puta uverila u tvoju velikodušnost. Biću tvoja žena, Lorenco... I to s velikom radošću, veruj mi.

– Koliko sam ti zahvalan na tvom poverenju, draga Elen!

Lorenco ponovo spusti usne na krhke uzdrhtale prste. Dvoje mladih je načas zaćutalo, ganuto gledajući jedno drugo, a onda Lorenco upita, malo podsmešljivo:

– Ne zanima te kakve će nam biti novčane prilike, Lenik?

– O, dragi, radićemo oboje! Biću veoma hrabra ako me budeš voleo.

Smešila se dok je to govorila, gledajući ga sa iskrenom nežnošću. Pogled njenih crnih očiju ispunila je još življa ganutost.

Lorenco joj odgovori, tiho i strasno:

– Moja Elen, bićeš savršena žena srećniku s kojim si pristala da deliš život! Da, radićemo na putu koji nam Bog bude zacrtao i videćeš da će naša budućnost proteći glatko.

Posle kratke tišine u kojoj je spustio poljubac na njenu crnu kosu, Lorenco nastavi:

– Prekosutra moram u Pariz da rešim neka pitanja u vezi s poslom. Taman ću izabrati i verenički prsten.

– Hoćeš li dugo odsustvovati? – upita Elen.

– Ne duže od tri dana, verovatno. Ali evo, već zvoni za podne. Da pojedemo nešto, Elen.

U predvorju dvoje mladih naleteše na gospođu Damplem, koja je silazila niza stepenice, zajapurena, užarenih očiju, ljutitog lica. Malo pre toga, Feliks se, pošto se popeo, onako besan bacio na sofu u majčinoj sobi, a na njena zabrinuta pitanja odgovorio je:

– Mrzim ga! Poneo se prema meni kao prema psu! Hoću da odem odavde.

Na kraju je uspela da izvuče od njega celu priču. Kad je čula kako se Lorenco poneo prema njenom mezimcu, gospođu Damplem je obuzeo silovit gnev, pa je, van sebe, zaboravila šta bi svađa s pastorkom mogla da znači za nju i decu, te kao furija odletela da nađe Lorenca.

Kad ga je ugledala, dreknula je glasom isprekidanim od besa:

– Moramo da razgovaramo!

On joj je hladno odgovorio:

– Saslušaću te.

Uveo ju je u svoju radnu sobu, a ona se odmah ustremila na njega dramatičnim glasom:

– Na nečuven način si zloupotrebio svoju fizičku snagu kažnjavajući svog brata. Siroti dečak je doživeo nervno rastrojstvo i jedva sam ga smirila. Izigravaj koliko hoćeš kavaljera pred tom šašavom Elen, koju si ionako dovoljno kompromitovao, ali neću trpeti da moj sin bude žrtva tvoje brutalnosti! Nemaš nikakvo pravo nad njim i ne treba ti da se baviš njime. Moja deca su godinama živela bez tebe, te nema nikakvog razloga da sad ispoljavaš svoju nepodnošljivu brigu za njih.

Hodala je tamo-amo po sobi uzrujavajući se dok je govorila, sve više se žesteći pred nadmenim mirom pastorka, koji je stajao prekrštenih ruku, pogleda punog hladnog podsmeha. Kad je zaćutala, Lorenco joj je s ledenim mirom rekao:

– Potpuno si u pravu. Žanin i Feliks će odsad za mene biti neznanci kojima se ni po koju cenu neću baviti. Ali moram te upozoriti da neću podnositi prisustvo nevaspitanog dečaka u svojoj kući. S druge strane, Elen i ja smo se verili, a kako ćemo se venčati za nekoliko nedelja, molim te da se postaraš da dotad napustiš ovu kuću.

Prigušujući bes, gospođa Damplem je promucala:

– A je li? Izbacuješ nas iz porodične kuće? To će doprineti dobrom mišljenju koje uživaš u varoši! I još se ženiš Elen! Niže nisi mogao pasti!

Usiljeno se smejala, pokušavajući da uvredi Lorenca.

– O lepa li braka! Pored muža koji neće moći ni da je nahrani, moraće malo da smanji apetit!

Lorenco ironično odvrati:

– Budi sigurna da neće umreti od gladi! Uostalom, još smo bogatiji od vas, jer nemamo dugova.

Pogođena tim odgovorom, gospođa Damplem je ostala bez reči. Ledenim i bespogovornim tonom koji je izluđivao njegovu maćehu, Lorenco dodade:

– Još nešto: ako ne želiš da zasluženo kažnjavam gluposti i drskost tvog sina, upozori ga da me se kloni. U stvari, najbolje bi bilo da jede u sobi, ako ne želiš da povredim njegovu dragocenu psihu.

Gospođa Damplem odgovori glasom gotovo neprepoznatljivim od besa:

– Ne brini, što pre ćemo te osloboditi svog prisustva!

Kad je zatvorila vrata za sobom, Lorenco načini nekoliko koraka po sobi. Izvio je usne u podrugljiv osmeh, koji se ugasio kad je mladić

zastao ispred portreta svoje majke, nađenog na tavanu, gde je bio sklo-
njen. Đelsomina je, u belom, nežno i pomalo setno gledala u sina svo-
jim lepim crnim očima. Lorenco vatreno promrmlja:

– Majko draga, to je žena koju je jadni otac izabrao da te odmeni!
Ali draga Elen će te dostojno zameniti. I ti bi je zavolela, odobrila bi
izbor svog dečaka; prognanik se vratio u rodni kraj, sad je željan samo
toplog ognjišta, iskrene i odane ljubavi.

10.

Posle te scene, život je postao veoma težak za gospođu Damplem i njenu decu. Ako su preko dana i uspevali da izbegnu Lorenca, bili su prinuđeni da predveče s njim dele trpezu. Pristojan i ravnodušan, i dalje vrlo nehajan, mladić se prema maćehi i sestri ponašao ljubazno kao što bi se neki učtiv čovek poneo prema neznankama s kojima deli sto u nekom hotelu.

Feliks se, međutim, više nije pojavljivao. Nikad više ne želi da vidi tog mrskog Lorenca, ljutito je govorio.

Dan posle veridbe, mladić je trebalo večernjim vozom da krene za Pariz, te je istog popodneva uveo u svoju radnu sobu verenicu i malog Žozefa, kojeg je trebalo da ugoste još nekoliko dana.

Dok se dečak igrao ispred zastakljenih vrata, Lorenco je seo pored Elen, pa je, uhvativši je za ruke, pitao kako je prošla poseta gospođici Amber i objava njihove veridbe.

– Šta je rekla moja stara prijateljica? Naravno, nije bila iznenađena, zar ne? Njoj sam već poverio svoju želju da postanem tvoj srećni mladoženja, draga Elen.

– Da, rekla mi je, i bila je vrlo draga prema meni! Dodala je i da te mnogo voli, da se svim srcem nada da ćeš me usrećiti.

Lorenco se našali:

– U to moja draga prijateljica nije sasvim uverena. Ali uskoro ću je uveriti. Da, uskoro će biti sasvim spokojna.

Dvoje mladih načas zaćuta. Lorenco je posmatrao Elenine tanane prste, nežan ručni zglob.

Potom je podigao pogled na njeno lepo zamišljeno lice, pa kroz osmeh upitao:

– Hajde, dušo, reci mi kakav bi prsten volela.

– O, nešto vrlo jednostavno! Nemoj da se trošiš. Taj prsten ćeš mi ti pokloniti, i to mi je dovoljno.

Izgovorila je to tako ljupko i tako dirnuto da Lorenco nije mogao da je ne uhvati za ruku i sa žarom je poljubi.

– Dušo! Znam da ti je samo to važno. Ne brini, neću potrošiti više nego što mogu sebi da dozvolim. Ipak, malo nakita lepo bi ti stajalo!

Ona se tiho nasmeja, odmahujući glavom.

– Biće mi sasvim dobro i bez toga, Lorenco, i budi siguran da i ne mislim na to.

– Zato što si izuzetno razborita i ne znaš šta je taština. Ali ja bih voleo da vidim neki nakit na onoj koja je za mene iznad svih drugih. Slušaj, Lenik: da sam milioner, izabrao bih neki brilijant, najlepši koji mogu da nađem, za taj fini prst. Jel' bi ti se to svidelo?

Elen se prostodušno zasmejulji pa odvrati:

– Da, veoma.

– I rubine da ih staviš u svoju lepu crnu kosu, pa bisere oko vrata. Zar nije šteta, draga Lenik, što ne možemo da priuštimo sve te lepe stvari?

Blago porumenevši pod njegovim zaljubljenim pogledom, veselo je odvratila:

– Velika šteta, ali meni nimalo ne smeta, budi siguran! Večeras me ostavljaš?

– Da, na tri dana. Pisaću ti odande. Hoćeš li ti meni slati novosti?

– Naravno! Ali, zar nije trebalo da mi daš svoju fotografiju, Lorenco?

– Tako je, malena; odmah ću ti udovoljiti, jer imam jednu ovde.

Prišao je radnom stolu, otvorio jednu zaključanu fioku, pa uzeo fotografiju i pružio je Elen.

Bila je veoma verna originalu, s nehajnim pogledom, pomalo nadmenim, lepim i ponosnim, ujedno dobrodušnim licem. Ali nešto joj je odmah upalo u oči: Lorenco je na tom portretu nosio odelo savršenog kroja, koje se odlikovalo strogom elegancijom, kao i ostatak njegove odeće.

Elen promrmlja:

– O! Stvarno liči. Zaista je uspela ova fotografija.

– Kad se budemo vratili, treba i ti da se slikaš, Elen. Ona fotografija koju si mi dala jeste lepa, ali na njoj si imala petnaest godina.

– A ova kad je snimljena?

– Prošle godine.

To znači da i dalje ima ovo odelo koje mu tako dobro stoji. Zašto ga nikad ne obuče, umesto ovog koje je skroz propalo?

Lorenco ju je gledao kroz veseo i pomalo podrugljiv osmeh, ali nije joj objasnio tu neobičnu činjenicu na koju je ona, uostalom, već sledećeg trenutka zaboravila, udubljena u razgovor s verenikom, dok se Žozef i dalje igrao olovnim vojnicima i već malo oštećenim vozićem, kojim se zabavljao Lorenco kad je bio mali.

Kad je Elen ustala da pođe, Lorenco je dovede pred Đelsominin portret.

– Draga moja verenice, voleo bih prvi poljubac da ti podarim pred pogledom svoje drage majke. Slažeš li se?

Umesto odgovora, podigla je ka njemu čelo.

On je spustio usne, pa joj dugo ljubio treperave kapke.

– Hvala ti, Lenik, voljena moja. Uskoro se više nećemo razdvajati: Lorenco će biti samo tvoj.

Ta tri dana su se Elen odužila kao večnost. Bez Lorenca se osećala kao u pustinji.

On je bio njen zaštitnik, brižni prijatelj. I u svom mladom srcu čuvala je iskrenu ljubav prema njemu, prema tom nepokolebljivom i zavodljivom mladiću, čiju je dobrotu i kavaljersku nežnost i te kako osetila!

Njene rođake su, s niskošću svojstvenom sitnim dušama, iskoristile mladićevo odsustvo da mu se osvete preko Elen, praveći joj mnoštvo pakosti. Najčešće su joj se rugale zbog njene veridbe, klevetale Lorenca, govoreći kako će biti loš muž.

– Rekao ti je da ide u Pariz da traži posao – cerekala se gospođa Damplem – a ti si mu poverovala! Sigurna sam da se provodi od one crkvice što mu je ostala... A ti, jadna ludo, videćeš kakav će biti prema tebi! Ali kad budeš shvatila da te je nasamario, nemoj meni dolaziti da plačeš. Ja sam te upozorila, gore po tebe ako si odlučila da veruješ jednom pustolovu umesto razboritoj i iskusnoj ženi.

Elen je, dostojanstvena i ponosna, branila Lorenca, upućujući im nekoliko prezrivih reči. Potom bi se, kad joj se ukaže prilika sklanjala, ostavljajući majku i kćerku da daju oduška svom jedu. Pošto bi se sklonila u svoju sobu, očiju punih suza gledala bi verenikovu fotografiju i malo-pomalo osetila bi utehu pred tim odanim pogledom, pred pomalo ironičnim osmehom usana koje kao da su govorile: „Hajde, draga Elen, nećemo obraćati pažnju na to! Mi pripadamo jedno drugom i te pakosti nas ne mogu razdvojiti."

Ne, nije ona poverovala ničemu što su gospođa Damplem i Žanin govorile o Lorencu! Njeno poverenje u njega ostalo je nedirnuto, njena ljubav je rasla sa svakim pogledom na taj portret koji je bio tako verna slika Lorencovog šarma i njegove urođene otmenosti, istaknutih elegantnom i prefinjenom odećom.

I gospođica Amber je to primetila čim joj je Elen pokazala fotografiju. Njeno iznenađenje je poraslo kad je devojka u razgovoru pomenula adresu na koju joj je Lorenco rekao da mu piše.

– Šta? Ulica Bulonjske šume? Tamo su samo luksuzne kuće.

Elen se nasmeja.

– Lorenco svakako ne boravi u nekoj od njih!

– Ne... Ne... Zaista, svakako ne.

Onda je stara gospođica promenila temu.

Ali je tokom cele Elenine posete bila udubljena u misli, a kad je devojka otišla, dugo je razmišljala o tom neobičnom podatku koji je saznala. Živo se sećala da se zdanje na broju koji je Elen pomenula nalazi prekoputa kuće u kojoj je jedna njena rođaka živela petnaestak godina ranije. Ta lepa palata, savršeno odmerene spoljašnosti, pripadala je jednom velikom engleskom gospodinu. Kako to da Lorenco traži da mu se tu šalju pisma? Da nije već prihvatio posao u domu vlasnika palate? Ali zašto to onda nije rekao verenici?

Potom je, prisetivši se fotografije koju joj je Elen malo pre toga pokazala, zbunjeno i uznemireno pomislila: *Šta sve ovo znači? Zašto je Lorenco toliko tajanstven?*

11.

Kamij Tremon se verila s krupnim Šerveom. Ta vest je gospođi Damplem zvanično saopštena istog dana kad se očekivao Lorencov povratak. Kamij se razmetala zadovoljstvom koje svakako nije osećala. Bila je svesna da je pala vrlo nisko, u svakom pogledu, jer se udaje za sina jednog zelenaša, koji ni sâm ne poseduje nikakve vrline, štaviše, vulgaran je kako u fizičkom, tako i u moralnom pogledu, što je Kamij još jasnije uviđala pošto je upoznala Lorenca Damplema.

Uprkos ogorčenju koje je prema Lorencu osećala otkako se u vrtovima Aršansija hladno zabavljao na račun njene koketerije i udvaranja, gospođica Tremon ga se i dalje živo sećala. Da, morala je priznati da je zaljubljena u tog pustolova bez novca, bez zanimanja, ona, čije srce nikad ni zbog koga nije poskočilo! Ali joj je bilo krivo i bila je besna na njega jer ju je ponizio, te je u svakoj prilici govorila o njemu najgore što je mogla.

Vest o njegovoj veridbi sa Elen Surber izazvala je toliko ogorčenje da je pred nekoliko posetilaca koji su se okupili u salonu njene majke ispoljila najstrašniju mržnju prema mladom paru. Nekoliko dama koje su bile u poseti, Barbelijeova, gospođa Lorio, prenele su dalje njene reči. Nedugo zatim, kad je na ulici srela gospođicu Surber, Kamij ju je odmerila sa uvredljivim prezirom, nateravši jadnu Elen da pocrveni.

U kući Emila Monsoa, u poseti gospođi, Kamij Tremon je saznala i da je vlasnik Aršansija nedavno u varoši kupio još jedno važno imanje.

Gospođi Monso, kojoj je u to vreme u poseti bila mlađa sestra, bilo je žao što je ne može odvesti u obilazak zamka, budući da više nikog nisu primali.

– Kornimarovi su imali sreće, a i ja s njima – reče Kamij – bili smo poslednji koji su mogli da ga posete; sutradan gospođa Lorio i njene unuke ni na koji način nisu mogle da ubede čuvara da ih pusti. Sad je gospodin Treveston tamo, a izgleda da ima i brojnu poslugu. Ko zna da li će se družiti s porodicama iz varoši?

– Vi, dakle, mislite da je on kupio to veličanstveno zdanje da bi u njemu živeo kao medved? Po odajama koje sam ja videla, jasno je da će tu dovesti ženu. Njoj će verovatno biti potrebna razonoda, u kojoj ćemo svi uživati. Ah, kakve bi lepe zabave mogli da priređuju u toj kući!

Dve prijateljice dugo su razgovarale o toj zanimljivoj temi, a onda se Kamij oprostila s gospođom Monso i otišla.

Kad je bila nadomak svoje kuće, videla je neki auto koji se kretao ka centru varoši. Šofer je nosio livreju sa oznakama Aršansija. U autu je sedeo neki muškarac. Kamij umalo da vikne od iznenađenja, jer joj se učinilo da je prepoznala lepi profil Lorenca Damplema.

Ma ne, počinjem da ludim! Svuda ga vidim, ljutito je pomislila. *To je bio gospodin Treveston... Ili neko drugi iz kuće.*

U istom trenutku gospođa Damplem i Žanin bile su u salonu, u društvu Alide Monso. Ta soba je bila okrenuta ka ulici, te su tri žene sedele jedna pored druge ispred otvorenih prozora; i videle, sasvim jasno, isti auto kako se zaustavlja ispred kuće Damplemovih...

Žanin je rekla, iznenađena i vrlo uznemirena:

– To je jedan od automobila iz Aršansija!

Ustala je, prišla prozoru i pogledala napolje. Onda je poskočila, promucavši:

– Ali... Ali to je Lorenco!

Gospođa Damplem i Alida pojuriše na prozor. Da, to je zaista bio Lorenco; Lorenco koji je otvorio vrata, pa izašao iz auta u pratnji prelepog ruskog hrta, a onda se okrenuo ka šoferu, koji je sa uvažavanjem čekao naređenje, i rekao mu:

– Dođite po mene sutra u deset, Rulije.

Auto je potom otišao, a on je otvorio vrata.

Tri dame su se za to vreme zgranuto zgledale. Gospođa Damplem je uspela da prozbori glasom drhtavim i pomalo isprekidanim:

– Šta... Šta sve ovo treba da znači?

Potom je odjurila ka vratima salona, otvorila ga i našla se u predvorju, oči u oči s Lorencom.

Nije to više bio Lorenco u iznošenoj odeći, već Lorenco u odelu koje se isticalo strogom elegancijom. Pozdravio ju je s ledenom ljubaznošću i krenuo da produži. Ali gospođa Damplem je, sva zajapurena od uzbuđenja, upitala:

– Ti poznaješ gospodara Aršansija, Lorenco? Vidim da se vraćaš kući njegovim automobilom!

On je pogleda s hladnim podsmehom, odgovorivši:

– Da li ga poznajem? Ali to sam ja, gospođo.

– Šta... Šta pričaš? Gospodin Treveston je...

– Gospodin Treveston, moj prijatelj u pustolovinama, poslužio mi je kao paravan. Ali Aršansi pripada meni, kao i sve zemlje po mom nalogu kupljenje u okolini.

Gospođa Damplem se uhvati za dovratak, jer joj se učini da će se onesvestiti. Ona promuca:

– Onda... nije istina... da nisi stekao imetak.

– Daleko je od istine. Luis Treveston i ja smo zaradili svaki po nekoliko stotina miliona, zahvaljujući jednom rudniku dijamanata koji nam i dalje donosi veoma dobre prihode.

– Stotine miliona!

Gospođa Damplem je pomodrela, kao i Žanin i Alida.

Žanin promuca:

– Ali zašto... Zašto si nas držao u uverenju...

– Zato što sam želeo da budem prihvaćen zbog samog sebe, a ne zbog svog novca ili elegantne pojave. Jer izgleda da sam vrlo elegantan kad se obučem kod jednog od vodećih pariskih krojača. Ali sam u svojoj staroj odeći bio nimalo poželjan rođak, kojeg treba izbegavati.

Alida se usiljeno osmehnu kad je rekla:

– O, dragi Lorenco, šta vam pada na pamet? Mi svakako nismo odbili da vas primimo... kao neki.

Lorenco je prezrivo pogleda, pa se okrenu ka Žanin, upitavši je:

– Znaš li gde je Elen?

– Ja... Ne... Ne znam... Možda je u bašti.

– U redu, hvala.

Otišao je da zatvori psa u svoju radnu sobu, pa izašao kroz zastakljena vrata koja vode u vrt.

Tri žene su nekoliko trenutaka stajale bez reči, izgubljeno gledajući jedna drugu.

Naposletku, Žanin reče prigušenim glasom:

– Odvratno je to što je uradio!

Alida odvrati:

– Da, odvratno. Mama ima da se razboli kad bude čula. I Emil, koji se prema njemu poneo s krajnjim nepoštovanjem!

– Za nas će biti još gore! Samo pomislite, nikad nam neće oprostiti!

Žanin je kršila ruke. Gospođa Damplem je bila kao satrvena. Čelo joj je bilo orošeno znojem, sa iznenada zabrinutim pogledom izgledala je slomljeno, kao da je odjednom mnogo godina ostarila.

Žanin ljutito uzviknu:

– I ona plačljivica Elen! Kakvu je sreću imala! Ah, mislim da ću umreti od muke!

Gospođa Damplem je sa očajanjem promrmljala:

– Kakva prevara! Kakva prevara!

Lorenco se za to vreme pridružio verenici ispod starog divljeg kestena. Seo je pored nje i poljubio je u ruku, koja se prepustila njegovoj, a Elen je sva srećna uzviknula:

– Napokon si stigao! Je li voz kasnio? Počela sam da brinem.

– Ne, voz je stigao na vreme. Zašto me tako gledaš, Elen? Da nema nešto neobično na meni?

Smejao se šaljivo. Elen je oklevala:

– Da... Nekako si... drugačiji.

– Zato što sam promenio perje? Priznaj da je bilo vreme. Ovde su mi to sasvim dovoljno stavili do znanja. Ali ti si me, draga moja, volela i siromašnog i loše odevenog, pristala si da sa mnom deliš moju neizvesnu sudbinu, hrabro rekavši: „Oboje ćemo raditi." Nikad to neću zaboraviti, Elen, i stalno ću te podsećati na to.

Ona je ćutala, zbunjena, ustreptala od ganutosti pod njegovim zaljubljenim pogledom. Lorenco je tad iz džepa izvadio neku kutijicu i otvorio je. Jedan zrak sunca obasja u punom sjaju veličanstven brilijant na belom baršunu. Mladić uze prsten, pa ga stavi na prst zadivljenoj Elen.

– Odlično ti stoji. Jel' ti se sviđa, malena?

Pogled lepih plavih očiju, razrogačen od iznenađenja, kružio je između tog veličanstvenog dragulja i Lorencovog osmehnutog pogleda. Elen na kraju promuca:

– Ali... Ali kako si došao do tog prstena?

On prasnu u veseo smeh.

– Nisam ga ukrao, Elen. Uveravam te! Taj brilijant sam jednostavno našao.

Devojka, zaprepašćena, ponovi:

– Našao si ga?

– Pa da, saslušaj me. Ispričaću ti jednu priču.

Onda joj je iskreno pričao o tim godinama o kojima dotad nikad nije želeo da govori. O vremenu teškog života, njegovog i Luisa Trevestona, mladog Engleza kojeg je upoznao u Kejptaunu, o njihovim naporima koji nikako da urode plodom. Njih dvojica su iskusili velike nedaće, ali se nisu obeshrabrili. A onda je, jednog dana, otkriće izuzetno bogate dijamantske žile u regiji u kojoj su očekivali da naiđu na dijamante, napokon nagradilo njihove napore.

Dve godine su Lorenco i Luis, tada već vlasnici ogromnog bogatstva, putovali na Istok i u Evropu. Potom je, nakon nekoliko meseci provedenih u Engleskoj, gde se Treveston verio s devojkom koju je poznavao od detinjstva, Lorenco otišao u Pariz i tamo kupio jednu staru palatu u vlasništvu lorda Vesberija. Gotovo istovremeno je, preko jednog prijatelja, kupio Aršansi, sećajući se da ga je pre mnogo godina posetio i bio oduševljen njime. Tad je sproveo plan koji je odavno razradio: došao je u Trejak kao promašen čovek ne bi li video kako će ga primiti.

Sad je, osmehujući se verenici koja ga je zgranuto slušala, dodao:

– Nisam znao da ću ovde ujedno naći i sreću... Da će se moji snovi o budućnosti ostvariti još prvog dana. Budući da je moje srce bilo potpuno slobodno, Lenik, dok tebe nisam sreo.

Elen promrmlja:

– Ali to je prava bajka! Čini mi se da sanjam, Lorenco.

On se nasmeja, srećan, sagnuvši se da je zagrli.

– Da, sa svim tim bogatstvom pomalo ti izgledam kao neki savremeni markiz od Karabasa, zar ne? Voljena moja, život ispunjen nemaštinom i lišavanjima za tebe je završen. Odsad pa nadalje, bićeš važna osoba koju će svi pozdravljati uz naklon.

– O, Lorenco, ja sam uvek živela vrlo jednostavno, povučeno! Ne bih ni znala... Neću moći da se prilagodim novom položaju...

– Savršeno ćeš se prilagoditi, sasvim sam siguran. Osim toga, nemoj misliti da želim od tebe da napravim damu iz velikog sveta. Zaista ne! Željan sam porodičnog života kojeg sam oduvek bio lišen. Veliki deo naših prihoda iskoristićemo da usrećimo one oko sebe koji to zaslužuju... Naše dobre Arijeve, na primer.

Eleni oči zasijaše od radosti.

– O, istina je! Sad možeš da im pomogneš! Kako sam srećna!

Ganut, Lorenco reče:

– To tvoje samilosno srce, dobra moja Lenik! Srećnija si sad, kad na to pomisliš, nego maločas kad sam ti otkrio da se udaješ za bogataša. Kako je gospođa Ari?

– Od juče malo bolje. Ali je i dalje vrlo slaba.

– Žozef nije više ovde?

– Gospođica Amber ga je jutros odvela na doručak, predveče će ga vratiti ovamo.

– Gospođa Damplem i Žanin se i dalje mršte na sirotog dečaka?

– Da, i dalje.

– Kakve sitne duše! Napokon ih je stigla kazna, sto puta zaslužena! A Barbelijeovi? I moja mnogopoštovana kuma? I svi oni koji su mi skoro sasvim okrenuli leđa? Zamisli kako će svima njima biti krivo kad budu saznali vest!

Elenin zvonki smeh nadovezao se na verenikov.

– Verujem da će to zaista biti vrlo smešno... I stvarno bih volela da čujem njihove komentare. Kako će se sad ponašati s tobom?

– Doći će bez stida da se poklone zlatnom teletu, u to ne sumnjaj! A kad bih to dozvolio, niko ne bi više od njih bio kadar da me glorifikuje, da mi najpodlije laska i puzi preda mnom. Poznajem ljudski rod, draga Elen... I ponekad zaista imam vrlo loše mišljenje o njemu!

Na trenutak se udubio u misli, smrknutog, gotovo strogog pogleda. Potom mu se izraz lica promenio, omekšao, dok se ponovo obraćao Elen.

– Srećom, ima divnih duša koje nam pomažu da zaboravimo tu tugu... Tvoja, voljena moja, naših prijatelja Arijevih, dobre gospođice Amber...

– O, Lorenco, kako li će se ona iznenaditi!

– Otići ćemo sutra po podne kod nje pa ćeš moći da uživaš u njenom iznenađenju. Potom ćemo otići kod Žorža kako bismo ga odmah rešili svih briga!

– Kao čarobnim štapićem – veselo će Elen. – O, kakvu će mi sreću doneti njegova radost, kao i radost gospođe Ari!

– Možda neće biti lako, u početku, naterati ih da prihvate pomoć, zato što su ponosni i osetljivi. Ali uspeću! Mari Luiz...

Mlada služavka, koja je prelazila preko vrta, radoznalo pogledavajući ka verenicima, požurila je da se odazove gazdinom pozivu.

– Otvori vrata radne sobe, molim te, i pusti u vrt psa koji je tamo zatvoren.

S hitrinom s kakvom nikad nije uslužila majku i kćerku Damplem, služavka se udalji da izvrši naređenje. Mladi gospodin Damplem umeo je strogošću da natera na poslušnost; osim toga, i Mari Luiz je podlegla magnetizmu i šarmu tih crnih očiju koje su osvojile taštu Kamij Tremon.

Elen upita:

– Doveo si psa?

– Da, a ti ga poznaješ.

– Poznajem ga?

– Sećaš li se ruskog hrta kojeg je nehajna gospođa Diroše pustila da izađe iz sobe u kojoj je bio zatvoren po mom naređenju i koji umalo nije sve razotkrio izražavajući onako neobuzdano svoju privrženost? Siroti Daglas je bio mnogo tužan u zamku bez mene. Išao sam s vremena na vreme da ga obiđem; ali već dve godine ga imam i nije navikao da se razdvajamo.

Elen reče kroz smeh:

– Mora da si se ludo zabavio tokom tog obilaska!

– Neopisivo! I znaš šta? Imao sam na umu tvoj izbor kad je reč o odajama moje buduće žene.

– Pravi si prevarant, Lorenco!

Oboje se veselo nasmejaše, razmenivši vatren zaljubljen pogled. U tom trenutku se pojavi hrt, preskačući leje. Pošto ga je Elen malo pomazila, Daglas se sklupčao uz noge verenicima, koji su nastavili razgovor.

Kad je došlo vreme za večeru, zaputili su se ka kući. Žanin je u tom trenutku završila postavljanje stola – nešto što je radila samo u retkim prilikama; ali te večeri se Mari Luiz načisto zbunila pod bujicom naređenja koja joj je izdavala gospođa Damplem dok je hodala tamo-amo, sva usplahirena, ponavljajući:

– Mora biti gotova u određeno vreme. Gospodin ne podnosi netačnost. I pazi na hranu, jesi razumela, Mari Luiz?

Služavka je svaki čas prevrtala očima. Šta se događa? Hladno pečenje, za koje je najpre rečeno da je dovoljno za večeru, ostavljeno je za sutradan i zamenjeno jednim lepim piletom. Gospođica Žanin je otrčala kod poslastičara da kupi tortu, a zatim i lepo voće. Pored tanjira gospodina Lorenca i gospođice Elen stavila je dve lepe salvete od damasta, umesto onih zakrpljenih koje su im ranije bile namenjene. A Feliks, koji je danima izbegavao brata, te večeri je odlučio da se vrati za sto.

Slave veridbu, pomislila je Mari Luiz, koja nije čula zaprepašćujuću novost.

Feliks nije mogao da se suprotstavi majci kad mu je rekla: „Treba da siđeš." Bratovljevo bogatstvo zavodilo ga je i privlačilo kao fatamorgana, odjednom je pretvaralo u boga onog kojeg je toliko prezirao. Ušao je u trpezariju sav ponizan i krotak, pa stidljivo rekao: – Dobro veče, Lorenco – na šta mu je ovaj odgovorio jednim kratkim: – Dobro veče. – Posle toga Lorenco kao da nije primećivao njegovo prisustvo, kao ni poniznu pažnju i brigu. Tu i tamo bi s hladnom učtivošću rekao nešto beznačajno maćehi ili Žanin, ali uglavnom je razgovarao sa Elen i posvećivao se malom Žozefu, kojeg je sluškinja gospođice Amber u međuvremenu dovela.

U jednom trenutku upitao je verenicu:

– Je li bilo nečeg novog u mom odsustvu iz Trejaka?

– Ne, ne bih rekla... Zar ne, rođako?

Gospođa Damplem živahno odvrati:

– Verili su se Kamij Tremon i Pol Šerve!

– A, to je, znači, rešeno?

Potom je, s razornom ironijom, Lorenco dodao, slegnuvši ramenima:

– Pristati na brak s jednim Šerveom! To jasno pokazuje koliko ta devojka vredi!

12.

Ujutru je ceo Trejak saznao novost i sa uzbuđenjem komentarisao.

Barbelijeovi su bili užasnuti. Monsoovi su optuživali jedni druge zbog svoje neljubaznosti. Gospođa Lorio je, slomljena, jadikovala.

– Grozno je tako izigrati rođake i prijatelje! Ah, taj Lorenco je zbilja originalan!

Kamij Tremon je za doručkom obaveštena o događajima. Njena majka, koja je upravo bila saznala za to, prepričala joj je s mnoštvom detalja, ne primećujući kako se lice njene kćeri menja, ni kako su joj usne previše crvene.

– Razumeš, Kamij? Razumeš? I dalje sam zaprepašćena! Pomisli samo kakvu je sreću imala mala Surberova!

Kamij jedva čujno izusti:

– Da... Sreću... Pravu sreću.

Osećala je kako je preplavljuje očajanje. Imala je priliku da pokuša najdivnije osvajanje, da dođe do ogromnog bogatstva koje pri samoj pomisli na njega izaziva vrtoglavicu, da privuče čoveka koji je povrh svega veoma zavodljiv, a umesto toga, ona je glupo izvređala Lorenca Damplema... Okomila se na njega i Elen Surber! Ah, ta nepodnošljiva devojka! Kad samo pomisli da će ta postati njegova žena, dok je ona, Kamij, Šerveova verenica!

Jeziva stvar!, razmišljala je, očajna. *A šta ako bih opet pokušala da ga zavedem? Elen je mala glupača koja ne može da se bori protiv žene kao što sam ja... Da, možda... Možda...*

Nada joj se ukazala u ambicioznom i beskrupuloznom umu. Kamij je počela da kuje plan kako bi se susrela s Lorencom.

Momak je tog popodneva posetio gospođicu Amber. Usput mu se javilo mnogo ljudi koji ranije nimalo nisu obraćali pažnju na njega. Sreo je Emila Monsoa, koji je hteo da zastane, ali kad je video kako se Lorenco pravi da ga ne vidi, mladi beležnik je, utučen, nastavio svojim putem. Upravo tog jutra ga je tast izribao, jasno mu stavivši do znanja:

– Onaj ko je u stanju da napravi takvu brljotinu, dragi moj, ne treba da se bavi ovim poslom. Pojavio ti se stari školski drug koji bi ti poverio sve svoje poslove da si bio malo ljubazniji prema njemu. Sad ćeš videti kako će se prema tebi ponašati! I biće u pravu! Predbračni ugovor će ti izmaći ispred nosa, kao i ostali veliki poslovi. Ah, zaista si sposoban!

Potom, budući da je Emil promucao kako nije mogao da zna... Kako je Lorenco sve njih obmanuo, gospodin Loano mu je nadmeno odvratio:

– U našem poslu treba imati njuh i prepoznati bogataša u ritama. Siguran sam da mene ne bi doveo u zabludu!

S tom ponosnom tvrdnjom, gospodin Loano je otišao, besan, ostavivši Emila skrušenog, jer su mu bili povređeni i interesi i taština.

Gospođica Amber, koja je bila daleko od toga, dočekala je Lorenca sa iskrenim zadovoljstvom, jer je napokon došla do rešenja tajne koja joj je pobuđivala radoznalost, a ponekad i brigu.

– Ah, prevarantu jedan! – uzviknula je preteći mu prstom. – Kako si nas samo nasamario!

– Opraštate li mi? – veselo je upitao poljubivši joj izboranu ruku.

– Možda. Ali mnogo je onih koji ti nikad neće oprostiti.

– Počev od moje sestre i moje maćehe. To im ne smeta da sad budu vrlo brižne prema meni.

Gospođica Amber prezrivo iskrivi lice.

– Mogu da zamislim! A jutros, dok sam razgovarala s Elen po izlasku s mise, gospođa Lorio je, sva umiljata, prišla da nas pita za detalje, i to s tako gladnom znatiželjom da je uspela da se smuči i tvojoj verenici, koja joj je odvratila hladno i vrlo dostojanstveno: „Da, izgleda da je Lorenco bogat. No, da li to nekako utiče na njegove vrline? One su postojale i kad smo mislili da je siromašan i svi su mogli da ih cene.“ Došlo mi je da uzviknem: „Bravo!“ Gospođa Lorio je stisla usne i pogledala Elen nimalo nežno. Ipak, nije se usudila ništa neprijatno da joj kaže, jer se ne sme dirnuti u verenicu Lorenca Damplema – milionera! Ali posle toga, kad smo ostale same, rekla mi je: „Bojim se da moje kumče u maloj Surberovoj nije našlo poželjnu saputnicu.“

Lorenco umalo pade sa stolice od smeha.

– „Moje kumče“! Šta vi kažete, draga gospođice, zar vam se ne čini da sam odjednom napredovao? Sad se priznaje duhovna veza s mojom malenošću. Da, da, to će, u razgovoru, baš ostaviti utisak: „Moje kumče, gospodin Damplem, gospodar Aršansija.“ A tu je još nešto: sad može da se raspojasa u dobročinstvima kojima predsedava. Ah, kako je dobra naša gospođa Lorio... Moja divna i privržena kuma!

Potom je, uhvativši za ruke staru gospođicu, Lorenco dodao, odjednom ganut:

– Sreća te sam imao vas, Elen i Arijeve; u suprotnom bih pored svih njih postao vrlo zao.

Nedugo zatim, pošto je izašao iz kuće gospođice Amber, mladić se našao licem u lice s gospodinom Barbelijeom i njegovom kćerkom. Požutelo lice starog advokata ozario je srdačan osmeh dok mu je živahno pružao ruku.

– Čestitamo, dragi rođače! Lepo si nam iznenađenje priredio! Još smo svi zapanjeni. Baš smo pošli kod tebe da ti kažemo koliko smo srećni zbog tvog uspeha... I da te malo izgrdimo zbog tvojih malih... smicalica.

Andrej Barbelije, lepa devojka, pomalo plačljivica, blagonaklono se osmehivala bogatom rođaku.

Ali Lorenco je odgovorio hladno, glasom odsečnim i grubim:

– Ma šta to pričate, gospodine? Ja vas samo nisam razuveravao kad ste, na osnovu mog skromnog, starog odela, samouvereno zaključili i izjavili da ništa u životu nisam postigao, baš kao što ste vi predvideli. Zašto bi meni bilo važno da li me vi smatrate bogatim ili siromašnim? Ako se vama sviđa da verujete kako su se obistinila vaša zlonamerna predviđanja, ja u tome ne vidim ništa uznemirujuće. Kao što ja vama nisam bio potreban, tako ni vi meni niste bili potrebni. A kako ne bih da se preopteretim društvenim obavezama, reći ću vam da odsad primam samo one koji su primili mene po mom povratku u Trejak.

Andrej pocrvene. Gospodin Barbelije pozelene, pa promuca:

– Ali, Lorenco... Rođaci smo...

– Kako rođaci? Kakvi rođaci? Ja ih ovde više nemam, budući da nisu bili nimalo spremni da me prihvate po mom povratku.

S tim rečima se pozdravio, pa se hitrim korakom udaljio, žureći ka Arijevoj kući.

Elen je tog jutra vratila roditeljima Žozefa, kojeg je sad zatekao kako se igra ispred kuće. Kad je ugledao Lorenca, potrčao mu je u susret raširenih ruku, kličući od radosti. Lorenco ga je uzeo u naručje i poljubio ga u obraze.

– Dobar dan, Žožo! Kako je mama?

– Bolje, gospodine. Danas je ustala.

Držeći dečaka za ruku, Lorenco je ušao u čist, siromaški sobičak u kojem je Žorž radio pored svoje žene dok je ona, sedeći u staroj naslonjači, držala u krilu jednu od dve devojčice. Saznali su od Elen veliku novost, i čim je Lorenco ušao, Žorž mu je uz osmeh rekao:

– Lepo si iznenađenje priredio svojim sugrađanima. Svaka čast, Lorenco!

– Da, ovaj slučaj će neko vreme biti tema hronike Trejaka. Drago mi je što vam je malo bolje, gospođo.

Lorenco se nagnuo prema gospođi Ari i stegao joj mršavu ruku koju mu je ona pružila.

– Da, malčice je bolje – reče ona sa setnim osmehom. – Ali bojim se da neću skoro povratiti snagu.

– A ja sam ubeđen u suprotno. Da, da, videćete, draga gospođo, da ćete se povratiti brže no što mislite.

Pošto se srdačno rukovao i s prijateljem, Lorenco sede pored njega, pa pozva Žozefa.

– Dođi kod mene, Žožo.

Dečak nije čekao dvaput da mu se kaže, već je odmah dotrčao i šćućurio se Lorencu u krilu.

– Šta su rekle gospođa Damplem i tvoja sestra na ovu ciglu koja im je pala na glavu? – upita Žorž Ari kroz osmeh.

– Cigla, dobro si rekao! I to vrlo teška! Mislim da noćas oka nisu sklopile, sudeći po njihovim ispijenim licima. Nego, Žožo, što me ti tako gledaš?

Dečak odgovori, oklevajući:

– Nekako... Niste više isti...

– Isti kao šta?

– Isti kao ranije.

– Šta je to drugačije?

– Odelo... Pa kravata. Novi su.

Lorenco ga upita kroz smeh:

– Kako ti se više sviđam? Onakav kakav sam bio ranije ili ovakav kakav sam sad?

Dve male nežne ruke obujmiše ga oko vrata.

– Pa isto!

– Kako je to lepo, mali moj! Kad bi drugi razmišljali kao ti, danas ne bi bili u tako neprijatnoj situaciji. Zamisli, Žorže, Barbelijeovi su bili toliko drski da su krenuli da mi uruče svoje pozdrave. Elegantno sam ih se rešio. Ali neki drugi, naročito dobri prijatelji kod kojih sam, posle dugog izgnanstva, naišao na srdačnu dobrodošlicu... Oni će mi zauvek biti dragi!

Dirnut, netremice je zurio, pomalo vragolastim pogledom u Žorža i njegovu ženu, koji su mu tog dana izgledali kao da im je nekako nelagodno.

Žorž reče, donekle nespretno:

– Hvala ti, Lorenco. Zaista si divan što tako govoriš... Uprkos razlikama u našem položaju...

Lorenco ga prekinu malo podrugljivo:

– Razlika u položaju? Kakve to veze ima?! Ja to ne priznajem. Pretpostavljam da pomalo žališ za siromašnim prijateljem koji ti se činio nekako bližim! Ali brzo ću te uveriti da se nisam promenio.

Stavio je ruku Žoržu na rame.

– Elen, ti i tvoja porodica, izvor ste najveće radosti koju čovek može da oseti. Elen mi je pružila čistu i strasnu ljubav, bez ikakvih zadnjih namera, nežnu, nimalo proračunatu. Sigurno je da ću vam zauvek biti beskrajno zahvalan na tome!

Žoržovi mršavi prsti uhvatili su Lorencovu ruku i dugo je stezali.

– Uvek ćeš nam biti drag, prijatelju. I nikad nećemo zaboraviti šta si učinio za nas, naročito ovih poslednjih nekoliko dana.

– Nije to ništa u poređenju sa onim što sam želeo da učinim! Ali sad da se pozabavimo praktičnim pitanjima. Znate da sam ja vlasnik Aršansija?

– Rekla nam je Elen – odvrati gospođa Ari.

– Treba mi upravnik imanja. Hoćeš li ti da se prihvatiš tog posla, Žorže?

Gospodin Ari se trgnu.

– Ja? Šta ti pada na pamet? Ja sam nepokretan, ne mogu da se prihvatim tog zadatka.

– Možeš, i te kako. Pre svega, sutra te vodim u Bordo da se posavetuješ s jednim dobrim lekarom čiju sam adresu nabavio jer sam siguran da bi odgovarajuće lečenje u nekoj banji blagotvorno uticalo na tvoje zdravlje. Čim se gospođa Ari bude malo oporavila, otići ćete svi zajedno u banju, a za decu ćemo naći neku finu guvernantu koja će vas, gospođo, prištedeti napora brige oko njih.

Žorž ga prekinu:

– Ali, Lorenco...

– Ni reči, dragi prijatelju. Ja sam se rodio autoritativan i želim da me slušaju. Po povratku ćete se smestiti u jednu kućicu u parku

Ašansija, a ti ćeš polako ući u posao. Na raspolaganju ćeš imati auto i sve ono što bi ti moglo olakšati obavljanje zadataka.

– Ne mogu to da prihvatim, Lorenco! Previše je... Toliko si velikodušan!

Žoržu se od ganutosti slomio glas, a niz upale obraze mlade žene tekle su krupne suze.

Lorenco je sagnuo glavu da poljubi dečaka, ali pre svega da bi sakrio svoju dirnutost.

– Ne preterujmo, prijatelju! Vi ste za mene kao porodica i samo vam to dokazujem. Žožo će sigurno biti zadovoljan što će moći da se igra u parku i jaše konja kojeg sam mu obećao, zar ne?

Dečak mu uputi iznenađen, nesiguran pogled.

– Konja? Nije valjda pravi, od krvi i mesa?

– Pa naravno da je pravi. Sutra ćeš ga videti, jer vas sve vodim u Aršansi da obiđete svoju novu kuću...

Žozef je gledao čas u oca, čas u majku, čas u njihovog prijatelja, kao da kaže: „Stvarno treba da verujem u to?" Ali Lorenco ga je uveravao:

– Da, da, jedan lepi konjić, samo tvoj. Jesi li zadovoljan?

– O!

Dečak je zinuo i razrogačio oči – nije više znao šta da kaže. Potom je, izvivši se na Lorencovim kolenima, poljubio Lorenca u obraz tako da je puklo. Mladić veselo reče: – To je zaista lep izraz zahvalnosti! Znaš, uvek ću biti spreman da udovoljim dobroj deci, ali samo dobroj.

Žorž uhvati prijatelja za ruku i snažno je stegnu. Ni on nije mogao da nađe reči kojima bi izrazio svoju zahvalnost, a nije to mogla ni mlada žena, već je samo sklopila drhtave ruke nad glavom devojčice koja je radoznalo posmatrala tu scenu.

Ganut, Lorenco se osmehnu: – Ja sam samo sredstvo kojim se Bog služi da nagradi vaše neizrecivo poverenje, dragi prijatelji. Za mene je to čast na kojoj sam i te kako zahvalan.

13.

Sutradan je Lorenco, koji je doručkovao u Aršansiju, poveo svog prijatelja Trevestona da ga upozna sa svojom verenicom, a potom kod gospođice Amber, kod koje su svi troje proveli ostatak popodneva.

Luis Treveston, ozbiljan, otmen i prijatno duhovit, odmah je osvojio simpatije stare gospođe. On je nahvalio Lorenca, poverivši joj da je za veliki deo njihovog poduhvata zaslužan upravo on i njegova nezaustavljiva energija.

Odlučeno je da sutradan gospođica Amber provede ceo dan u Aršansiju, zajedno sa Elen.

Lorenco joj kroz smeh reče:

– Ovoga puta nećete ići onom šklopocijom kao prošli put, draga gospođice. Sećate li se prezrivih pogleda Kornimarovih?

– Kako da ne! Još kad pomislim kako sam navalila da platim najam kako ti ne bi previše okrnjio svoju ušteđevinu! Ušteđevina čoveka koji će sutra po mene poslati auto vredniji od celog nečijeg imetka! Običan prevarant, eto šta si ti!

– Mnogi u Trejaku to danas kažu. Ali većina ne tako šaljivim tonom, draga moja.

Ne, gospođa Damplem se svakako nije šalila kad se žalila na „strašnu prevaru" svog pastorka. Bezmalo se razbolela zbog toga, te je ispijenog lica primala posetioce koji su dolazili da se raspituju uglavnom sa zluradom radoznalošću.

Žanin i ona nisu se ustručavale da pred drugima otkriju svoja osećanja prema Lorencu, koja su opisivale nimalo se ne uzdržavajući u izboru uvredljivih prideva. Zato su im se sad svi u potaji smejali i trčali kako bi uživali u njihovoj zbunjenosti.

Kad je saznala za upoznavanje gospodina Trevestona sa Elen, a zatim i s gospođicom Amber, potom i za posetu staroj gospođici, gospođa Damplem umalo nije dobila slom živaca.

Tako, dakle, Lorenco je od samog početka ostavlja u zapećku, nju koja je primila Elen u svoju kuću i koja mu je na neki način majka.

Jedva se udostojio da je ne izbaci iz kuće, mada je samo pitanje dana kad će je podsetiti da mora da se iseli odande. Ah, kakvog je strašnog položaja dopala!

Mnogi su dolazili u posetu Lorencu, ali Mari Luiz je dobila uputstvo da odgovara kako gospodin ne prima.

– Ako mi ranije nisu dolazili u posetu – ironično je rekao Lorenco – nisu mi ni sad potrebni!

Ipak, napravio je nekoliko izuzetaka, između ostalog, za gospodina Monsoa, koji mu je svojevremeno uzvratio posetu i pokazao izvesnu blagonaklonost. Taj krupni čovek je vrlo nespretno pokušao da opravda sina, ali Lorenco je, praveći se da ne razume, promenio temu, a gospodin Monso nije imao više hrabrosti da pomene Emila.

Elen je uživala u odblescima sjaja kojim je zračio njen verenik. Svi su laskali onom koji će uskoro zauzimati najistaknutije mesto u njihovom malom gradu. Obraćanja poput „lutkice“, „moja mala Elen“, tekla su preko tankih usana gospođe Lorio slatka kao med. Gospođa Monso i Alida nisu izbijale iz kuće Damplemovih i grlile su devojku kao da im je najdraža prijateljica. Barbelijevi, koji joj nikad ni reč nisu uputili, sad su je pozdravljali beskrajno ljubazno. Elenina hladnoća nije obeshrabrivala ni Loriovu ni njih. Ti tašti ljudi verovali su da će laskanjem pobediti devojčinu uzdržanost, jer ona je imala moć da im otvori vrata Aršansija i izmoli za oproštaj Lorenca Damplema. No, Elen je, zgađena tolikom niskošću, govorila vereniku:

– Kakvi grozni ljudi! Zaista mi je drago što neću morati da imam nikakve veze s njima.

– To je obožavanje zlatnog teleta, Lenik. Ponašanje staro koliko i svet – govorio je on.

U Trejaku se mnogo pričalo i o neverovatnoj sreći Arijevih, koji su uživali povlastice kod bogatog gospodara zamka. Lukavi ljudi, nekako su naslutili istinu.

To je bio stav gospođe Lorio, besne zbog Lorencovog hladnog prijema.

Jednog dana je banula, zahtevajući da vidi gospodina Damplema. Kako joj je služavka odgovorila da „gospodin ne prima“, odvratila je:

– A ja vam kažem da će mene gospodin Damplem primiti! Ja sam njegova kuma, a ne makar ko!

S tim rečima se zaputila ka radnoj sobi, pokucala na vrata, pa posle jednog kratkog „uđite“, ušla sa osmehom na tankim usnama i ispružila ruke ka Lorencu, koji je sedeo za radnim stolom.

– Kumče moje, morala sam na silu da uđem! Toliko sam bila nestrpljiva da malo popričam s tobom!

Lorenco je ustao pa hladno odgovorio: – Zaista ste bili nestrpljivi, gospođo? Ali ja sam već nedeljama ovde, mogli ste lako da me nađete, lakše nego sad kad mnogo vremena provodim u Aršansiju!

Uprkos svom poslovično debelom obrazu, gospođa Lorio se na trenutak zbunila. Onda je promucala:

– Toliko sam zauzeta! Žao mi je, dragi Lorenco, ako ti je izgledalo kao da te zapostavljam i znaj da mi nisi ni za mrvicu manje drag.

Već se povratila, spremna na svakakvu niskost samo da bi mu se umilila. Ako je Lorenco osećao ogorčenje prema nekim ljudima, svakako se ne bi na isti način poneo prema osobi njenog ranga koja se spustila tako nisko da hrani ego čoveku tako ponosnom kao što je on.

Lorenco je s hladnom ljubaznošću pokazao gospođi na jednu naslonjaču. Ona se upusti u čestitanja i pohvale koje je mladić slušao ravnodušno, prezrivo iskrivljenih usana. Gospođa Lorio je, napokon postiđena, zaćutala i malo spustila svoj dug nos. Tad joj Lorenco ravnodušno reče:

– Neobično je kako od pre nekoliko dana svi otkrivaju moje čarobne vrline! Skoro da se osećam kao neki polubog, daleko nadmoćniji od običnih smrtnika.

– Ali... ali dragi Lorenco, niko nikad nije doveo u pitanje tvoje vrline.

– Kako? Čak ni vi? Ipak, do ušiju su mi doprle neke ne baš pohvalne reči koje su mi dokazale da me vrlo malo poštujete!

Gospođa Lorio sklopi šake u crnim rukavicama, pa bezmalo uvređena prevrnu očima.

– Kakve su ti to laži napričali, drago dete? Ja... Ja, tvoja kuma, da govorim loše o tebi! Ah, ova mala mesta su prava legla klevete!

Potom je ponovo spustila nos, jer je Lorencov pogled postao zaista krajnje sarkastičan.

Nastade tajac, koji je potrajao i bio vrlo neprijatan za gospođu Lorio, dok je pak Lorenco izgledao kao da mu je sasvim prijatno; štaviše, činilo se da se ludo zabavlja.

Gospođa je napokon, osmelivši se na jedan nežan pogled, rekla sladunjavim glasom:

– U utorak pravim čajanku, Lorenco, i nadam se da ćeš doći s verenicom.

– Hvala vam, gospođo, ali Elen i ja smo zauzeti tog dana.

– Zar je moguće? Hajde, mora da postoji način. Baš bih volela da oboje dođete!

– Otkud taj iznenadni polet prema nama? Pre mesec dana, kad ste pravili čajanku, sasvim dobro ste se snašli i bez nas. Ne vidim zašto ne biste i ovog puta... Budući da mi ne vredimo nimalo više nego pre mesec dana.

– Ali... ali dragi Lorenco, ja... Nikad nisam mislila... Jednostavno si izgledao tako nevoljno da... da se družiš s ljudima.

– Ja? Naprotiv, nisam propustio da posetim nijednog svog poznanika. Štaviše, kod vas sam došao upravo tog dana kad ste pravili čajanku.

– Da, moja služavka je napravila glupost rekavši ti da nisam kod kuće. Nije te prepoznala.

– Zaista? Zapravo mi je rekla: „Dobar dan, gospodine Lorenco.“ Ona je ćerka jednog našeg starog seljaka, kao deca smo se često zajedno igrali.

Gospođa Lorio je, poražena, ponovo obesila nos. Ipak se još jednom osmelila umiljato da mu se obrati:

– Sve u svemu, ako budeš mogao da mi učiniš to veliko... to beskrajno zadovoljstvo, ne zaboravi, drago dete, da ste ti i tvoja čarobna verenica dobrodošli na moj mali prijem.

Ustala je, pa posle nekoliko koraka, uhvatila Lorenca za ruku.

– Drago, drago dete, veruj mi da niko nije srećniji od mene zbog tvoje sreće! A kako vrlo dobro znam tvoje nesebično srce, dozvoli da te zamolim da ne zaboraviš na moje siromahe. Imam ovde listiće lutrije...

Oslobodivši ruku iz njenog stiska, Lorenco hladno odvrati:

– Hvala vam, ali već sam ih kupio od gospođe Amber, moje drage prijateljice.

Gospođa Lorio stisnu usne.

– A ja ti nisam i nešto više od toga? Ja sam ti kuma!

– Zbilja? Vi ste mi kuma? Pa dobro, moram priznati da dosad to nisam primetio.

Ovoga puta je gospođa Lorio digla ruke. Promucavši nešto, izašla je pognute glave, ali ju je do ulaznih vrata učtivo ispratilo „drago kumče“, koje joj je jasno pokazalo da sve te promene držanja preko noći kod njega ne prolaze.

14.

Kamij Tremon je tri nedelje uzalud pokušavala da dođe do Lorenca. On nije išao u posete i odbijao je sve pozive porodica iz Trejaka, koje su žudele da se sprijatelje s tim savremenim markizom od Karabasa. Bio je veoma zauzet pripremama za venčanje, završnim uređivanjem zamka, a pre svega se posvećivao svojoj ljupkoj verenici.

Stara gospođa Klementje, koja je likovala gledajući poraz Barbelijeovih i ostalih, veselo je govorila gladeći izborane ruke:

– Eh! Mnogo nam se zaljubio dragi Lorenco. U stvari, oboje su zaljubljeni. Lepu Elen zasipa poklonima, kako mi je rekla gospođica Amber. – Budući da su tu bile gospođica Tremon i Andrej Barbelije, stara gospođa je s pakosnim zadovoljstvom detaljno nabrajala poklone za venčanje koje je verenik poslao u kuću Damplemovih. Kamij je drhtala od potajnog besa, sve misleći: *Da sam uspela da ga vidim, pokušala bih da ga osvojim, nateram ga da zaboravi na Elen. Ali on je neuhvatljiv. Nema načina da se dođe do njega, osim kod gospođice Amber, a ja, nažalost, nisam u ljubavi s njom... A naći izgovor da svratim vrlo je teško pored te matore bogomoljke koja me uvek gleda s neodobravanjem.*

Ali napokon joj se ukazala toliko željena prilika.

Jednog popodneva je gospođa Vernije, žena krupnog zemljoposednika čije su se zemlje graničile sa Aršansijem, napravila vrtnu zabavu u svojoj staroj kući u Sablijeru. Kamij je saznala da će Lorenco doći s verenicom. Zato se spremila pazeći na svaki detalj. Znajući da joj bledozeleno lepo stoji, izabrala je haljinu te boje, kojom je znalački istakla sve svoje vrline.

S neobičnim šeširićem iste boje, našminkana još veštije nego obično, ostavila je snažan utisak kad je ušla u Sablijer.

Kad ju je ugledala, gospođa Vernije je malo izvila obrve, pa rekla gospodinu Damplemu, koji je stajao pored nje:

– Kamij svakog dana postaje sve ekscentričnija!

Među zvanicama je bio i Luis Treveston, koji se sad nagnuo ka prijatelju i upitao ga:

– Ko je ona, Lorenco?

– To je izvesna gospođica Tremon... Verenica onog momka tamo.

– A, pa taj je baš hrabar momak!

– Što se toga tiče, zaslužuju jedno drugo.

– Ta devojka gleda ovamo. Koga li traži? Možda tebe, zavodniče?

Lorenco se zasmejulji.

– Sasvim je moguće. Sad kad se zna da sam bogat, ta lepotica sve više smatra da sam po njenom ukusu. Ispričaću ti kako sam joj se narugao; njoj i njenim ambicijama. Ali idemo do moje male Elen, vidim da je okružena obožavaocima.

Verenike su, naime, zasipali ljubaznošću i laskanjem kao da su najvažniji gosti na zabavi. Zato su se oni koje je Lorenco držao podalje od sebe našli u vrlo nezavidnom položaju. I gospođa Damplem i Žanin su bile svesne toga – svi oni koji su želeli da se umile gospodarima Aršansija ostavili su ih u zapećku. Kamij Tremon je bila među takvima. Pravila se da ne vidi majku i kćerku Damplem kako bi mogla da se približi Lorencu.

Ali mladić se nije odvajao od svoje verenice, veoma lepe u haljini od srebrnosivog svilenog krepa, savršeno odabranoj. Napokon, kad je na trenutak ostao sâm s Luisom Trevestonom i sinom gospođe Vernije, gospođica Tremon mu je prišla sa osmehom na usnama.

– Drago mi je, gospodine, da mi se pružila prilika da vam čestitam, da vam kažem da se moja majka i ja u velikoj meri pridružujemo opštoj radosti koju je izazvala lepa vest.

Lorenco se nakloni, pa hladno odvrati:

– Hvala vam, gospođice, u moje ime i u ime moje verenice.

Kamij se ugrize za usnu. Nije shvatio... Ili nije želeo da shvati?

Živahno je dodala:

– Nisam govorila o vašoj veridbi, već o velikoj novosti u pogledu vašeg veličanstvenog uspeha. Delovalo mi je neobično da čovek kao što ste vi nije uspeo.

Lorenco je ostao nepokolebljiv pod provokativnim pogledom kojim je ispratila te reči.

– Na to mi je više puta skrenuta pažnja u poslednjih nekoliko dana – podsmešljivo je rekao.

Gospođici Tremon je već bilo pomalo neprijatno. U očima koje su je netremice gledale videla se tako prezriva poruga da joj je to poljuljalo samopouzdanje.

Ali te crne oči bile su tako lepe, čak i s tim pogledom! A Lorenco Damplem joj je više nego ikad izgledao nadmoćnije od svih prisutnih muškaraca. Ah, zaista ga je volela i bila je spremna na bilo kakvo poniženje, samo da mu se svidi!

Ona ga nežno ukori:

– Šta to pričate! Vi, dakle, zaista verujete da ja nisam pomislila, toliko puta, kako zaslužujete drugačiju sudbinu? Uvek sam bila pri tome stavu, otkako sam vas upoznala.

Lorenco se ponovo nakloni, dok mu je u pogledu iskrila ironija.

– Hvala vam, gospođice. Nimalo ne sumnjam u vašu iskrenost, uostalom, jednom ste mi je i dokazali, upozorivši me dobrodušno koliko još treba da učinim kako bih postao muškarac dostojan izvesne sredine. Uprkos tome, divlji pustolov se nije promenio, kao što danas možete da vidite. Štaviše, bojim se da je nepopravljiv... da ostaje slep i gluv za ono što bi da mu stave do znanja.

Ovoga puta devojka pognu glavu pod zaista nepodnošljivim sarkastičnim prezirom u njegovom pogledu. Shvatila je da ju je raskrinkao taj previše vispren, previše pronicljiv muškarac, čiji je dubok prezir i te kako osećala.

U tom trenutku Elen je prilazila vereniku. Lorenco joj je pošao u susret, a onda su se zajedno polako udaljili, lep par koji je privlačio pažnju svih prisutnih.

– Kako je otmen gospodin Damplem! Savršeno elegantan! – začu se neki glasić pored Kamij.

Gospođica Tremon se okrenu. Gospođa Ledik, doktorova žena, obratila se baš njoj.

– Da... Ali tom čoveku treba druga žena, a ne ta glupača.

– Glupača? A, ne, gospođica Surber zaista nije glupa! Njena prefinjena lepota upotpunjena je visprenošću koja je nesumnjivo čini dostojnom gospodina Damplema.

Kamij suvo odvrati:

– Ne bih rekla.

Gospođa Ledik je ironično pogleda pomislivši: *Da, da, lepa moja, ključaš od besa! Lepo te je maločas dočekao, baš kao što si zaslužila, videla sam po njegovom držanju. Moraš se zadovoljiti debelim Šerveom; uostalom, to je upravo ono što i zaslužuješ!*

Potom je, usmerivši pažnju na nešto drugo, mlada gospođa stala radoznalo da posmatra maćehu gospodara Aršansija koja je u tom trenutku prolazila nedaleko od nje, s licem kao na sahrani. Novčane neprilike gospođe Damplem ni za koga više nisu bile tajna. Poverioci su, sad kad su saznali za ogromno bogatstvo njenog pastorka, postali još uporniji. Neki su se čak obratili direktno Lorencu. Ali on im je odgovorio: „Dugovi gospođe Damplem nimalo me se ne tiču." A te reči, koje su odjeknule u celoj varoši, svakako nisu umirile poverioce.

Na prijemu u Sablijeru, te dve dame su nosile prošlogodišnje haljine jer je krojačica, kojoj su odavno bile dužne, odlučno odbila da i dalje radi na veresiju. Gospođa Damplem nije više znala šta da radi kako bi pred Lorenca i Elen iznela pristojnu hranu. Žanin je zapadala u očajanje; Feliks je pravio scene kad je bio siguran da ga brat neće čuti. A Lorenco je i dalje bio potpuno ravnodušan prema maćehi, sestri i bratu. Strogo je primenjivao ono što je sama gospođa Damplem htela kad mu je naredila da se ne bavi njenom decom. Nije ih primećivao, ponašao se prema njima kao da su stranci koje trpi pod svojim krovom.

Dosad nije podsećao maćehu da mora da napusti kuću; ali gospođa Damplem je svakog dana očekivala taj novi udarac i drhtala je kad je, u vreme obroka, Lorenco ulazio u trpezariju, jedino mesto gde su se sretali.

U poslednje vreme, njihov položaj se dodatno pogoršao. Jedan trgovac iz regije, prijatelj Lorencovog oca, od kojeg je gospođa Damplem uzela pozajmicu, iznenada je tražio da mu se dug vrati jer je morao da reši neki problem. Gospođa Damplem je izgubila glavu shvativši da se našla pred ponorom. Na kraju je odlučila da uradi nešto što je smatrala krajnje ponižavajućim; dan posle zabave otišla je kod Elen, moleći je da se zauzme kod Lorenca. Nikad se ne bi usudila da se obrati lično njemu. Unapred je znala kako bi on reagovao na njenu molbu, bez sumnje ljubazno, ali sa onom ledenom ironijom gorom od svakog prekora, svake uvrede. Možda bi njegova verenica, koju je voleo, mogla da izdejstvuje bar delimični oproštaj za nju.

Elen je bila previše blagorodna, previše zadojena hrišćanskim načelima da bi odbila da pokuša. Zato je istog popodneva razgovarala s Lorencom, dok su njih dvoje ćaskali u dnu bašte, na staroj klupi uza zid obrastao ružama.

– Umela je da nađe najboljeg posrednika moja divna maćeha. Pa dobro, Lenik, šta, po tebi, treba da uradim?

– Da oprostiš, Lorenco.

– Da oprostim? O, to ne ide bez određenih uslova! Kaži joj da dođe ujutru da razgovaramo, Elen; čekam je u jedanaest u radnoj sobi.

Kad je devojka prenela odgovor gospođi Damplem, ova joj se obisnu oko vrata, uzviknuvši:

– Spasla si nas, draga Elen! Nikad ti to neću zaboraviti!

A Žanin se, potiskujući ljubomoru, pridružila tim izrazima zahvalnosti koji su Elen ostavili sasvim hladnu, jer je bila svesna da je to samo laskanje upućeno Lorencovoj verenici.

Gospođi Damplem je bilo vrlo neprijatno kad se sutradan obrela naspram svog pastorka. Lorenco je, učtiv i hladan, čekao da ona kaže šta ima, pošto je rekao:

– Elen mi reče da si htela da razgovaramo.

Malo zamuckujući, izložila mu je svoje novčane teškoće. Lorenco ju je slušao, rasejano milujući psa po glavi, naslonjenoj na njegovo koleno. Kad je završila, primetio je:

– Žanin je trebalo da stekne obrazovanje koje bi joj jednog dana omogućilo da zarađuje za život. Umesto toga, napravila si od nje lenštinu i mondenku. Što se Feliksa tiče, od njega nikad ništa neće biti ako nastavi ovako.

– Da, znam... pogrešila sam. Mnogo se kajem. Ali... Ali ne znam više šta da radim. Ti si mi poslednja nada, Lorenco!

Sastavila je dlanove, molećivo ga gledajući.

– Tražiš da platim tvoje dugove?

– Ja... Ja... Ako bi mi pozajmio...

– Bilo bi beskorisno, jer ne vidim kad bi mogla da mi vratiš. Ali razgovarajmo otvoreno. Treba da ti pomognem da izađeš iz teškoća u koje si zapala? Dobro, Elen za ljubav, zaboraviću na svoje ogorčenje. Evo moje odluke: platiću sve tvoje dugove i davaću ti godišnji prihod dovoljan da ti i tvoja kćerka možete ovde pristojno da živite. Zasad ti ostavljam i kuću na korišćenje. Osim toga, ako se ukaže neka ozbiljna prilika za Žanin, daću joj miraz. Što se Feliksa tiče, pobrinuću se za njegovu budućnost, ali pod jednim uslovom: on će biti potpuno pod mojim staranjem, ti nećeš imati pravo glasa kad je reč o njegovom vaspitanju.

Gospođa Damplem zadrhta, promuca:

– Kako... hoćeš! On je... Težak je... Gnjaviće te... Bojim se da...

– Da, znam, plašiš se moje strogosti. Ali upravo je to ono što njemu treba. Veruj mi, na taj način ću ga pripremiti za budućnost daleko srećniju od one prema kojoj sad ide.

Gospođa Damplem je kršila ruke u krilu. Po Lorencovom držanju, načinu govora, sasvim jasno joj je bilo da se o njegovoj volji ne može raspravljati.

– I... I šta ćeš da radiš?

– Odvešću ga u dobar internat, verovatno u Bordou. Dolaziće svakog meseca, malo kod tebe, malo kod mene. Ponavljam, svi troškovi će biti na moj račun, ali ga isključivo ja moram voditi.

Istakao je reč „isključivo". Potom je dodao, stavivši joj tako do znanja da je razgovor završen:

– Uostalom, možeš da razmisliš koji dan, pre nego što mi odgovoriš na ponudu.

Ustala je kao mehanička lutka. Da razmisli? Zašto? Dobro je znala da je prinuđena da prihvati sve što taj čovek predloži, jer mu je prepuštena na milost i nemilost, zauvek će mu biti prepuštena na milost i nemilost.

Pomalo promuklim glasom, sa servilnim pogledom upućenim pastorku, i dalje ravnodušnom, rekla je:

– Hvala ti na tvojoj velikodušnosti, Lorenco, i... prihvatam... s velikom zahvalnošću.

– Dobro, onda smo se razumeli. Daj mi večeras spisak svojih poverilaca koji će odmah biti isplaćeni.

Lorenco je ljubazno otpratio maćehu do vrata radne sobe, a gospođa Damplem je, penjući se uza stepenice korakom koji je odjednom postao težak, otišla da izvesti decu o ishodu razgovora.

Feliks je, saznavši da će doći pod bratovljev jaram, pao u očajanje koje je njegova majka jedva uspela da ublaži. Kako god bilo, nije imao hrabrosti da ne sedne za sto. Ali lice mu je bilo ispijeno, a uplašen pogled nije smeo ni da podigne ka Lorencu. Posle doručka, dečak je gledao da se tiho izmigolji, kad je čuo zapovednički glas.

– Felikse!

Kad se obreo naspram Lorenca, ovaj mu je, lako ga ćušnuvši ispod brate, podigao glavu.

– Možeš da me gledaš u lice, neću te progutati. Pitaj malo Elen da li zaista imam neke opake namere s tobom.

Devojka uz osmeh reče:

– Uveravam te da nema, Felikse. Nemoj se toliko plašiti svog brata, on je mnogo dobar.

– Prema onima koji to zaslužuju – dodao je Lorenco. – A siguran sam da ćeš uskoro i ti biti među njima. Sad idi i nemoj više da praviš taj izraz lica u mom prisustvu, jer neću da me gledaš kao da sam neki bauk.

Uhvativši za ruku svoju verenicu, poveo ju je ka vrtu, dok je gospođa Damplem, prateći ih pogledom, tiho govorila sinu:

– Treba da se umiliš Elen, dete moje, jer samo ona može da omekša tvog brata.

15.

Jednog avgustovskog jutra, šest godina kasnije, Lorenco i Feliks su se vraćali s jahanja kad su na terasi zamka zatekli Elen i gospođu Ari kako ćaskaju i vezu. Nedaleko od njih, Mišlet i Margaret Ari igrale su se sa četvoro dece gospodara Aršansija. Žozef se, malo dalje, udubio u čitanje. Kad je video gospodina Damplema, ustao je i pošao mu u susret, pogledavši s naklonošću čoveka koji je ostao veoma drag prijatelj Arijevih.

Lorenco mu je pružio ruku veselo rekavši:

– Dobar dan! Šta to čitaš? I dalje *Naša osvajanja u Africi*?

– I dalje, gospodine. Uzbudljiva knjiga!

– Bravo; nastavi da učiš pa ćemo imati jednog dobrog oficira više.

Lorenco je sa osmehom prišao da se pozdravi s gospođom Ari.

– Žorž je od jutros na terenu?

– Da, imao je sastanak s novim zakupcem Ajeza.

– Zaista je primetno napredovao.

– Hvala nebesima! Ah, veliki smo vam dužnici, gospodine! Da nije bilo vas...

– Draga gospođo, rečeno je da nećemo više o tome pričati. Uostalom, ja sam u toj pogodbi sjajno prošao, em sam dobio upravnika imanja za primer, em uza se imam privrženog prijatelja. Prema tome, sad smo kvit, zar ne, Elen?

– Istina – odgovori mlada žena, blagonaklono pogledavši gospođu Ari. – A ja sam stekla najbolju prijateljicu! Znaš kakvu mi je novost upravo saopštila, Lorenco? Razvode se Šerve i Tremonova!

– Tako sam i mislio... Par nesrećnika, ne zna se ko je gori od njih dvoje. Slušaj, Felikse.

Mladi Damplem, koji se pozdravio s gospođom Ari i sad je prijateljski ćaskao sa Žozefom, odmah je prišao bratu. Nije više bio kicoš kao nekad. Lorencova čvrsta ruka preobrazila je dečakovu narav i privolela ga da se ozbiljno posveti učenju. Sad je bio simpatičan momak, iskren i veseo, koji je prema bratu osećao divljenje pomešano sa strahopoštovanjem, iako se Lorenco odavno nije više grubo ponašao prema njemu.

– Ti ćeš, momče, danas kod majke na ručak, kaži joj da sam obavešten o Žaninoj udaji i da mi se čini da je posredi ozbiljna prilika. Ovih dana ću se videti s mladićem u Rošelu. Onda ću, ako sve bude kako treba, doći da razgovaram lično s tvojom majkom.

– U redu, Lorenco. Videćemo se večeras.

– Do večeras.

Dok je gledao mladića kako se udaljava, Lorenco se zadovoljno osmehnuo. Mnogo je voleo brata, čija je narav, u to vreme još podložna promenama, mogla da se preoblikuje strogim vaspitanjem; on je sad bio sasvim drugačiji od onog nekadašnjeg nepodnošljivog derana. Možda Lorencu ne bi tako uspešno pošlo za rukom da ga promeni da nije bilo Elenine diskretne pomoći, jer ona je omekšala, i s malo spremnosti za praštanje ublažila bespogovornu i ponekad previše nepopustljivu volju svog muža.

Lorenco se okrenu da pogleda ženu. Susreo je pogled njenih lepih očiju, i dalje iskrenih i dubokih, koje su bile njegova radost, njegova svetlost, a on je za njih i dalje imao onaj isti zaljubljen pogled kakvim ju je gledao u vreme veridbe i na medenom mesecu, jer je između Elen i Lorenca i dalje plamtela ljubav.

Beleška o autoru

Deli je zajednički pseudonim Žane Anrijete Mari Petižan de la Rozijer (Avinjon, 1875 – Versaj, 1947) i njenog brata Frederika Anrija Žozepa (Van, 1876 – Versaj, 1949). Bili su deca Ernesta Petižana, artiljerijskog oficira, i Šarlote Gotije de la Rozijer. Mari je stekla obrazovanje kakvo je onda dolikovalo devojkama iz boljestojećih kuća, a njen brat je upisao prava na Sorboni. No Mari je krišom zapisivala avanturističke pripovesti u jednu staru školsku svesku, koju je čuvala u fioci s rubljem. Jednoga dana je majka otkrila njenu tajnu i, uvaživši Frederikovo mišljenje, a uz dozvolu njihovog oca, Mari je poslala rukopis jedne od svojih novela, *Iskra*, na adrese nekolikih izdavača. Prihvatila ju je kuća *Bon pres*, pa ju je i objavila u nastavcima oko Božića 1894.

Pošto je tako s nekoliko novela postigla uspeh, iako joj to nije donelo novac, kod A. Gotjea je 1903. objavila roman prvenac, *U ruševinama*, potpisan pseudonimom M. Deli.

Dve godine kasnije, 1905, *Iskru* je svojim čitaocima predstavio izdavač F. Pajar iz Abevila. Gotje objavljuje *Kuću ljiljana* 1906, dok *La Kroa* u januaru 1909. štampa u nastavcima njenu *Anitu*. Tako je književna karijera Mari Petižan de la Rozijer počela pod pseudonimom, na sugestiju brata Frederika; najpre se potpisivala kao M. Deli, a potom sasvim kratko: Deli.

Do 1913. već je iza sebe imala dvadeset pet objavljenih romana koji su prodavani u velikim tiražima. Godine 1912. preuzela je dužnost sekretara Društva književnika, dobila je autorska prava na svoja dela. Iako se veoma obogatila, i dalje je živela skromno i povučeno.

Dogodilo se onda da Frederik oboli; pronašli su ga jednog dana 1909. u zoru, onesvešćenog u kuhinji. Uz sijaset uspona i padova, bolest ga je na duže staze učinila invalidom. Godine 1915. oženio se Suzanom Gotje, koja je umrla posle dvanaest godina braka. Nisu imali dece.

Posle smrti njihovih roditelja, Frederik je već bio potpuno paralizovan, nepokretan u invalidskim kolicima. Mari se posvetila brizi o bratu, a Frederik se onda svesrdno upustio u saradnju sa sestrom, kojoj je davao vetar u leđa i na samom početku karijere. Sad je aktivno učestvovao u stvaranju dela koja više nisu bila samo njena već zajednička. Brat i sestra će se 1929. preseliti u jednu kuću u Versaju i potpuno se posvetiti pisanju. U periodu od 1903. do 1943. napisali su više od stotinu ljubavnih i avanturističkih romana.

Knjige Deli u izdanju TEA BOOKS d.o.o. (digitalna i/ili štampana izdanja)

Ralfova osveta
Markiz od Karabasa

www.ingramcontent.com/pod-product-compliance
Lightning Source LLC
Chambersburg PA
CBHW030346030726
47499CB00003B/926